村上春樹におけるメディウム

—20世紀篇—

監修　森　正人　　日本熊本大学名誉教授

編集　小森　陽一　　日本東京大学教授

　　　曾　秋桂　　台湾淡江大学教授

淡江大學出版中心

監修にあたって

　2014年6月21日、淡江大學淡水校園の驚聲國際會議
廳を会場に、同大学日本語文学系村上春樹研究室が主催
する第3回村上春樹国際学術研討会が開催された。「村
上春樹文学におけるメディウム」を総合テーマに掲げて、
柴田勝二東京外国語大学教授および小森陽一東京大学教
授による基調講演をはじめ、16本の口頭発表、9本のポ
スター発表があり、「村上春樹文学におけるメディウム」
と題するパネルディスカッションで締めくくられるとい
う、まことに充実したシンポジウムであった。

　このシンポジウムの成果を当日の参加者の範囲にとど
めず、広く江湖に示し批判を仰ぐために、村上春樹研究
室を発展させて新たに8月に発足した「淡江大學村上春
樹研究中心」（日本名　淡江大学村上春樹研究センター）
がこれを引き継いで論文集を公刊することとなった。

　それぞれの発表者は口頭発表の内容にさらに彫琢を加
え、ここに18編の論文がそろい、「村上春樹におけるメ
ディウム」と題して編集され、「20世紀篇」と「21世
紀篇」とに分けられた。各論文はそれぞれにメディウム
という観点を設定し、村上春樹の作品および創作活動を
読解し、その文学的問題性を剔抉するものから、作品の
表現の構造を解析するもの、日本語教材としての可能性

をさぐるもの、現代日本のジャーナリズムにおける村上春樹現象を調査分析して逆に日本社会を捉え返すものまで、多彩な研究成果を収めることができた。けだし、村上春樹をめぐる問題の広さと深さを示すものであろう。

　村上春樹研究はさまざまの研究分野で、種々の観点と方法によって多くの国々で進められている。その成果は膨大で、全体を捕捉することは容易でない。こうした状況に鑑みて、淡江大学が世界に先駆けて村上春樹研究センターを設置したのには大きな意義があると言えよう。このセンターは、すぐれた研究活動を企画運営し、自ら質の高い研究成果を発信するばかりでなく、村上春樹研究の拠点としてさまざまの研究資料が蓄積され、整理され、そして世界の研究者が集い、交流する場となるにちがいない。

　本論文集は、村上春樹研究センターの最初の大きな事業として、「淡江大學　村上春樹研究叢書」の第1冊、第2冊として刊行される。本書が到達しえたところは必ずしも高くはなく、獲得しえたものはささやかであるかも知れないが、本書によって展望しうる課題は大きいと信ずる。それらが世界の研究者、批評家に共有され、村上春樹研究のいっそうの拡大と深化とが図られることを念願する。それと歩調を合わせることによって、第3冊、第4冊と続くべき本叢書の今後の発展と充実もまた期待される。

監修者的話

森　正人

　　淡江大學村上春樹研究室（隸屬於淡江大學日文系）于 2014 年 6 月 21 日（星期六），於淡江大學淡水校園驚聲國際會議廳 3 樓會議廳，順利舉辦完成了「第 3 屆村上春樹國際學術研討會」。該研討會主題設定為「村上春樹文學中的媒介」。邀請到東京大學外國語大學柴田勝二教授以及東京大學小森陽一教授兩位知名教授，針對主題進行精彩的基調講演。會中另有 16 篇的口頭論文的發表、9 篇海報論文的發表，以及 1 場針對主題進行的高峰會議。成果相當豐碩。

　　期盼當天研討會的研究成果能更普及海內外，且能與各國村上春樹研究學者進行切磋琢磨的理念，於是由 2014 年 8 月 1 日甫自村上春樹研究室擴大編組而成的「淡江大學村上春樹研究中心」，繼續銜命編纂成此論文集出刊、問世。

　　此論文集標題為「村上春樹中的媒介」，分為「20 世紀篇」與「21 世紀篇」的姊妹篇出刊。各自收錄了 9 篇論文，共計 18 篇論文。18 篇論文乃是研討會當天的發表者發表的內容，加以斟酌修補完成的論點。各篇論文皆是以「媒介」為觀點，或是針對村上春樹作品以及創作活動進行解讀，針貶其文學的問題性。或是解析村上春樹作品的文章表達結構、或是探索村上春樹作品當作日語教材的可

行性。也有調查分析現代日本傳播媒體中提及的村上春樹現象，進而重新反推日本社會風貌等等。盡收多元化研究村上春樹成果於其中。由此可見；本論文集確實可以稱得上展現村上春樹相關研究課題的寬度與深度的傑作。

環觀世界各國研究村上春樹的現況，於不同的研究領域，盛行著使用各式各樣的觀點與方法研究。其研究成果浩大，一時無確實法掌握全貌。鑒於此況，淡江大學獨具慧眼設置全球獨步的村上春樹研究中心，此舉意義非凡。該研究中心籌備、規劃了許多學術研究活動，不僅向世界展現精益求精的村上春樹研究成果之外，並肩負村上春樹研究之世界據點的重責大任，積極收集、整理各類村上春樹研究資料。匯集世界各國的村上春樹研究菁英，齊聚一堂。提供共同交換研究成果的平台。

為紀念此論文集乃是正式以「淡江大學村上春樹研究中心」之名，所邁出第一步的巨作，特別於書名上加註「淡江大學　村上春樹研究叢書1」、「淡江大學　村上春樹研究叢書2」出刊。雖然深知學海無涯，此論文集的成果，未必是達到了最高極致或無懈可擊。但堅信藉由此論文集的出刊，能延伸出更多的重要研究課題。期盼延伸、展望出的未來課題，是世界各國的村上春樹研究者、評論家所共同擁有、攜手深耕、擴大村上春樹研究的議題。以此信念與基調，期許不久的將來，繼續有第3冊、第4冊叢書的問世，綿延持續而下。

執筆者一覧（掲載順）

森　正人（Mori Masato）　　　　日本・熊本大学名誉教授

劉　曉慈（Liu, Hsiao-tzu）　　　日本・熊本大学博士課程
後期

山根　由美恵（Yamane Yumie）　日本・広島国際大学非常
勤講師

内田　康（Uchida Yasushi）　　　台湾・淡江大学助理教授

林　雪星（Lin, Xue-xing）　　　台湾・東呉大学教授

范　淑文（Fan, Shu-wen）　　　台湾・台湾大学教授

落合　由治（Ochiai Yuji）　　　台湾・淡江大学教授

楊　炳菁（Yang, Bing-jing）　　中国・北京外国語大学副
教授

賴　錦雀（Lai, Jiin-chiueh）　　台湾・東呉大学教授

目　次　　第一部

CONTENTS ~ PART 1

目　次　　第二部

CONTENTS PART 2

村上春樹初期作品の内界表象とメディウム

森　正人

１．はじめに

　村上春樹の小説には「影」という言葉あるいはその関連語が多く用いられる。本論文はそのことに注目して、初期作品（いわゆる青春三部作に『ダンス・ダンス・ダンス』を加えた四部作）を中心に、人間の内部世界をどのように表現しているか、その方法を検討する。

　ただし、日本語の「影」という言葉が多義的であることはよく知られていよう。いま『日本国語大辞典第二版』（小学館 2001 年）によれば、その語義が次のように分類されて記述されている（用例等は省略）。

　　　㊀日、月、星や、ともし火、電灯などの光。
　　　㊁光を反射したことによって見える物体の姿。①目
　　　　に映ずる実際の物の姿や形。②鏡や水の面などに
　　　　物の形や色が映って見えるもの。③心に思い浮か
　　　　べた目の前にいない人の姿。おもかげ。
　　　㊂光を吸収したことによってうつし出される物体の輪

1

郭。また、実体のうつしとりと見なされるもの。①物体が光をさえぎった結果、光と反対側にできる、その物体の黒い形。投影。影法師。②いつも付き添っていて離れないもの。③和歌、連歌、能などで作品の持つ含蓄、奥深さなどをいう。④やせ細った姿。やつれた姿。朝蔭。⑤実体がなくて薄くぼんやりと見えるもの。⑥死者の霊。魂。⑦実物によく似せて作ったり描いたりしたもの。模造品。肖像画。⑧ある心理状態や内面の様子などが表にちらとあらわれたもの。⑨空想などによって心に思い描く、実体のないもの。⑩以前に経験したことの影響として見えたり、感じたりするもの。

四 特殊な対象に限った用法。（以下省略）

　このように多彩な用法を持つことによって、「影」の関連語が多くなるのは当然であろう。村上春樹の小説における「影」とその関連語が喚起する素材、あるいはモチーフもまたおのずと多様性を増す。それらはたとえば夜、闇、黒、睡眠、夢、鏡、鏡像、テレビの画面、パソコンのディスプレイであり、また地下、廊下、井戸、さらには亡骸、骸骨、幽霊、双子、姉妹、友人、等である。これらのそれぞれについては、これまでも村上春樹の作品の読解と小説の方法の分析にかかわって検討されることが多かった。本論文はこれらのすべてに言及することはできないけれど

2

も、そのことを視野に入れて、「影」モチーフ群の系譜を初期諸作品にたどるとともに、その意味するものを析出し、そこに観察される変化が何に由来するかを明らかにしようとするものである。

2．青春三部作および短編「鏡」における鏡と鏡像

　鏡の像に対する主人公「僕」の拘泥は、初期三部作または青春三部作と呼ばれる作品に、始めは断片的かつ暗示的に、やがて顕著に現れる。

　『風の歌を聴け』（1979 年）。悩みを抱えていて相談したがっているらしい友人の鼠がなかなかそのことを切り出さないことに関して、「僕」が、ジェイズバーでマスターのジェイから「優しい子なのにね、あんたにはなんていうか、どっかに悟り切ったような部分があるよ」と指摘された後の場面である。

　　　僕は席を立って洗面所に入り、手を洗うついでに鏡に顔を映してみた。そしてうんざりした気分でもう一本ビールを飲んだ。［29］

　鏡に自分の顔がどのように映ったかは語られていないけれども、「僕」は他者と容易に共有しえない何かが自己の内部にわだかまっていることを、苦い諦念をもってみずか

らの顔に認めないわけにはいかなかったのである。鏡は隠れた内面を映し出す。

　第二作の『1973 年のピンボール』（1981 年）。仕事帰りに立ち寄った喫茶店のガラス窓に映る病後の自分の顔を見ながら、次のように述懐する。

　　でもそれはまったく僕の顔には見えなかった。通勤電車の向いの席にたまたま座った二十四歳の男の顔だった。僕の顔も僕の心も、誰にとっても意味のない亡骸にすぎなかった。僕の心と誰かの心がすれ違う。[7]

　鏡の中の「僕」の顔は「僕」自身の空虚な内面をあらわにしてしまう。鏡に映る像が「僕」自身の真実を語っているだけに、鏡像は「僕」に疎外感をもたらし、孤独感を深める。この心的機制は、前作『風の歌を聴け』の「うんざりした気分」の解説になっていると言ってもよい。

　鏡に映る自己像に対する違和感は、『羊をめぐる冒険』（1982 年）にさらに大きく具体的に取り上げられる。友人の鼠の父の所有する北海道の別荘で鼠を待つ「僕」は、鏡に映っている像と本体であるはずの「僕」の意識とが混濁し、二つが入れ替わり、もしかすると、逆に本体の方が鏡像の動きに従って動かされているのではないかという感覚を味わう。

　それは僕が鏡に映った僕を眺めているというより
は、まるで僕が鏡に映った像で、像としての平板な僕
が本物の僕を眺めているように見えた。僕は右手を顔
の前にあげて口もとを手の甲で拭ってみた。鏡の向う
の僕もまったく同じ動作をした。しかしそれは鏡の向
うの僕がやったことを僕がくりかえしたのかもしれな
かった。今となっては僕が本当に自由意志で手の甲で
口もとを拭いたのかどうか、確信がもてなかった。［第
8章Ⅲ9鏡に映るもの・鏡に映らないもの］

　村上春樹の作品の重要な場面に見られるこのような鏡像
体験については、発達心理学からする検討もある[1]。また、
このような人間の主体性の不安定さ、曖昧さを認識する、
あるいは鏡像を介して自己の内部に他者あるいは見知らぬ
自己を発見するという営為は、日本の文学を貫流する伝統
であった[2]。
　如上の自己像の分裂という内的経験を経て、『羊をめぐ
る冒険』末尾では自己の統合と確立が実現するであろう。

1　加藤義信「村上春樹の小説にみる鏡像体験の諸相」（『あいち国文』
　　第1号　2007年7月）。またルネ・ザゾ著（加藤義信訳）『鏡の心理
　　学　自己像の発達』（ミネルヴァ書房　1999年）「訳者解説」にも、
　　村上春樹への言及はないが、こうした鏡像体験についての記述があ
　　る。
2　森正人「鏡にうつる他者としての自己―夏目漱石・芥川龍之介・遠藤
　　周作・村上春樹―」（『国語国文学研究』第46号　2011年2月）。

すなわち「僕」の呼びかけに応じてようやく鼠が訪れる。ただし、鼠は自分の体内に入り込んだ特殊な力を持つ危険な羊の霊（「羊の影」[3] とも呼ばれる）を抹殺するために、羊が油断している隙に自ら縊れて死んだのであった。したがって「僕」が迎えたのは死んだ鼠の霊魂であった。二人は昔のようにビールを飲みながら語り合い、「僕」は鼠の遺志を完遂するための仕事を引き受ける。鼠が去った後、「僕」を悪寒と高熱が襲い、そして過去のさまざまの経験のイメージがわき起こる。この間に恐らく「僕」と鼠の魂とは一体化し、「僕」の内部の統一が遂げられたのである[4]。そのことを示唆するのが、鼠の指示通りの仕事を終えて別荘を離れる場面である。

　　僕は柱時計をもとに戻してから、鏡の前に立って僕
　　自身に最後のあいさつをした。／「うまくいくといい

3　「結局のところ、俺が羊の影から逃げ切れなかったのもその弱さのせいなんだよ」［第8章　12］と鼠は語る。

4　なお、三部作の『風の歌を聴け』『1973年のピンボール』における鼠は、「僕」の分身として読まれてきた。定説と認められる。とすれば、本来同体であって分離して後引かれあう二人が再会し、一体化することによって完全性を回復したことになる。なお、鼠を「僕」の〈影〉と規定する解釈は、山根由美恵『村上春樹〈物語〉の認識システム』（若草書房　2007年）第一部第一章第一節　物語の構成と〈影〉の存在─『風の歌を聴け』─。分身については、酒井英行「〈分身〉たちの呼応」（『村上春樹　テーマ・装置・キャラクター　国文学解釈と鑑賞　別冊』2008年1月）等に論じられている。

ね」と僕は言った。／「うまくいくといいね」と相手
は言った。［第8章Ⅲ14 不吉なカーブ再訪］

　ここには「僕」の本体と鏡の像との調和が示されている。
このようにして鼠と「僕」の企ては成功し、「僕」は北海
道を去る。ただし、東京では飛行機を乗り換えるだけで、
ただちに故郷の街に帰り、ジェイズバーに行き、ジェイに
「僕」と鼠をバーの共同経営者に加えてほしいと申し出る。
この時ジェイに鼠の死は伝えられない。これらのことは、
「僕」が喪った友人の鼠を己の一部として生きていくこと
の証しであると言えよう。

　もう一人の自分を鏡の中に発見するモチーフは、短編
「鏡」[5]（1983年2月、『カンガルー日和』〈1983年刊〉
に収録）に再度取り上げられる。

　この作品は、かつて「僕」が学校の夜警をしていた時に
経験した怪異を回想し、自分より若い者たちに披露すると
いう構成をそなえている。午前三時の見回りの時に、ある
はずのない鏡を見つけて、そこに映る自分の像は「僕以外

---

[5]　短編「鏡」については、渡邊正彦「村上春樹「鏡」論—分身・影の視
　　点から—」（『群馬県立女子大学紀要』第12号　1992年3月）、西田
　　谷洋「「僕」の亡霊たち—村上春樹「鏡」論—」（『金沢大学語学・
　　文学研究』第36号　2008年12月）参照。また、渥美孝子「村上春
　　樹「鏡」—反転する語り・反転する自己—」（馬場重行・佐野正俊編
　　『〈教室〉の中の村上春樹』ひつじ書房　2011年）には研究史が整理
　　されている。

の僕」「そうであるべきではない形での僕」であり、それが「心の底から僕を憎んでいる」ことを理解する。そしてその像はおもむろに動き始める。

> やがて奴の手が動き出した。右手の指先がゆっくり顎に触れ、それから少しずつ、まるで虫みたいに顔を這いあがっていた。気がつくと僕も同じことをしていた。まるで僕の方が鏡の中の像であるみたいにさ。つまり奴の方が僕を支配しようとしていたんだね。

もう一人の自分が自分自身を支配するという危機は、鏡を割ることによって脱することができた（ただし、翌朝見るとその場所に鏡はなかったと明かされる）けれども、最後に「僕」は今なお鏡を見ることができないと告白する。

このような自己の分裂あるいは自己のなかに潜む他者を発見するモチーフは、村上春樹の小説に繰り返し語られる。『世界の終りとハードボイルド・ワンダーランド』（1985年）、「6 世界の終わり（影）」では街に入る時に門番に「影」を預けなければならない。門番に剥ぎ取られた「影」は本体から自立して活動する。こうした自己と「影」の分離には数々の欧米の文学や映画の趣向が踏まえられているであろう。

３．『ダンス・ダンス・ダンス』における「影」素材群

『羊をめぐる冒険』を継承する『ダンス・ダンス・ダンス』（1988年）には「影」が新たな展開を見せている。

「僕」の中学の同級生で俳優の五反田[6]と久しぶりに会った時、五反田は次のように訴える。

> すごく疲れる。頭痛がする。本当の自分というものがわからなくなる。どれが自分自身でどれがペルソナかがね。自分を見失うことがある。自分と自分の影の境界が見えなくなってくる［18］

そして、交友を深めるなかで、ついに「僕」に高級娼婦のキキを殺したことを次のように告白する。

> 僕は彼女が好きだった。（中略）何故僕が彼女を殺さなくちゃいけない？でも殺したんだよ、この手で。殺意なんてなかった。僕は自分の影を殺すみたいに彼女を絞め殺したんだ。僕は彼女を絞めてるあいだ、これは僕の影なんだと思っていた。この影を殺せば上手

6　五反田もまた「僕」の分身と見なされている。たとえば、勝原晴希「脆く危うい朝―『ダンス・ダンス・ダンス』」（『国文学解釈と教材の研究』第43巻3号　1998年2月）。

くいくんだと思っていた。でもそれは僕の影じゃなかった。キキだった。［39］

　五反田は、自分では抑制することのできないこのような衝動を「ある種の自己破壊本能だろう」と解説し、また「無意味で卑劣なことをやることによってやっと自分自身が取り戻せるような気がする」と言い、その衝動について「演技する僕と、根源的な僕との溝が埋まらないかぎり、それはいつまでも続く」［39］とも述べる。その説明は論理的でなく、この時は「僕」もその告白を十分には受けとめきれない。ただ少なくとも、「自分の影」と「根源的な僕」とはほぼ同じものを指し、「影」とは、「根源的な僕」を構成する一部あるいは「根源的な僕」がほのかに現前したものという関係にあるらしいことが読み取られる。
　五反田はこのように告白した後みずから命を断つ。「影」だけを都合よく抹殺することはできなかったということであり、自己の本体と「影」との統合に失敗したということを意味するであろう。
　これら一連の叙述を通して注目すべきは、五反田が根源的な自己を「影」という言葉で捉えていることであろう。本来的には「影」とは本体があってこそ生まれ、本体に付属するはずのものであるが、五反田の「影」のありかたも、『羊をめぐる冒険』および短編「鏡」において鏡に映る像が本体以上に現実性をそなえ、むしろ本体に先立って存在し、本体を

左右するという関係と対応する。日本語では鏡像が「影」と呼ばれることからも、その関係は理解しやすい。

　五反田にあっては、自己の「影」と思われるものと闘争する（現実にはキキを絞め殺す）ところを、みずからはそれが闇の世界で起こったことであって、「こことは違う世界なんだ」、「それはここの世界で起こっていることじゃないからだ」［39］（どちらも原文はゴチック体）と弁明する。このように繰り返し強調される、ここではない世界とは、ドルフィン・ホテル（新いるかホテル）フロント係のユミヨシが十六階の従業員用エレベーター付近から迷い込んだ［7］、あるいは「僕」が十五階の部屋に戻るために乗ったエレベーターの開いたドアから入り込んだ［9］異空間と無関係ではないらしい。その異空間は「完璧な暗闇」「黒色の虚無」［10］であり、「僕」はその闇を手探りで進みながら、「映画俳優をやっている僕のかつての同級生」つまり五反田と「彼女」（ドルフィン・ホテルのユミヨシ）とが寝ているところを想像し、やがてその「彼女」はキキであることが分かる。その時「ジクウガコンランシテイル」（原文はゴチック体）［10］と叙述される。

　「僕」はこの異空間で羊男と再会する。『羊をめぐる冒険』以来四年ぶりであった。羊男のいるそこはどのような空間であるか。羊男の説明によれば、「ここからすべてが始まるし、ここですべてが終わる」と、「あんたはここに繋がっている。ここがみんなに繋がっている。ここがあん

たの結び目なんだよ」［11］という。また、「僕」自身にとっても「自分がここに含まれているように感じる」［11］という。これらの説明は比喩的で抽象的すぎて要領を得ないけれども、人間が存立する根源的なところであるとは了解されよう。羊男のもとにたどり着く前に五反田の映像が「僕」の心に浮かび、「みんなに繋がっている」というからには、五反田とその「影」もまたここに繋がっているといわなければならない。

　そして、この異空間にかかわっては「影」という言葉が繰り返される。まず、

　　　いるかホテルに戻ることは、過去の影ともう一度相
　　対することを意味しているのだ。［1］
　　　羊男の大きな影がしみのある壁の上で揺れていた。
　　拡大され誇張された影だった。［11］

　後者は光が遮られて生ずる黒い像としての影にすぎないようにみえるけれども、羊男の本性あるいはこの異空間の性格の換喩的表現とも解釈できる。それは、

　　　羊男はまた両手をごしごしとこすりあわせた。体の
　　動きにあわせて壁の上の影が大きく揺れた。まるで黒
　　い幽霊が頭上から僕に襲いかかろうとしているみたい
　　に。［11］

と、影が特別の意味をもって迫ってくるところに示される。そして、羊男について、

　　僕はこれまでの人生の中でずっと君のことを求めてきたような気がするんだ。そしてこれまでいろんな場所で君の影を見てきたような気がする。［11］

とも言う。羊男もまた、「おいらは影として、断片として、そこにいた」［11］とその判断に保証を与える[7]。こうして、ドルフィン・ホテルの異空間は、現実世界に生きる「僕」自身の拠りどころ、あるいは羊男の変移したところのさまざまの「影」の由来する世界であり、端的にいえば「僕」自身の内界であると解されよう。

　さらに、ドルフィン・ホテルの異空間の意味するものは、特別に〈キキの夢〉と題された［42］に明示的に語られる。

　かつて「僕」は、ハワイでキキとおぼしき女に誘い込まれたビルの一室で六体の白骨を見たことがあって［30］、夢では、それと同じ部屋にキキが闇の中から現れて光の領域と闇の領域との中間のあたりに坐る。夢の中のキキは、ここは「あなたの部屋」であると告げ、羊男の住んでいる

7　この文言から、山﨑眞紀子「「羊男」論─『羊をめぐる冒険』『ダンス・ダンス・ダンス』を中心に」（『村上春樹　テーマ・装置・キャラクター　国文学解釈と鑑賞　別冊』2008 年 1 月）が、「「羊男」は「僕」の「影」であったのだ」と導くのは短絡であり、一面的である。

ドルフィン・ホテルの異空間もまた「あなたの部屋」であると言う［42］。こうして、これらの異空間が「僕」の内界であることは動かしがたい。

さらに僕の「君が僕を導いたんだろう？」という問いかけに、キキは次のように答える。

　　　そうじゃない。あなたを呼んでいたのはあなた自身なのよ。私はあなた自身の投影に過ぎないのよ。私を通してあなた自身があなたを呼び、あなたを導いていたのよ。あなたは自分の影法師をパートナーとして踊っていたのよ。私はあなたの影に過ぎないのよ［42］

この説明と、ドルフィン・ホテルの異空間における「いろんな場所で君の影を見てきたような気がする」［11］という、羊男に対する「僕」の発言とを関連づけると、羊男は「僕」自身であり、「僕」の内界そのものである。しかも、それは「僕」だけの内界でなく、五反田を含めて他者と共有する内界であり、自他の「影」を統合する場所であるということができる。

４．黒い影と暗闇の覚醒—短編「眠り」

こうして、『ダンス・ダンス・ダンス』において、村上春樹は自己あるいは自我の表出の方法に関して大きな跳

躍、それが言い過ぎであるとすれば明瞭な転換を果たしたことが知られる。それは、鏡像、分身を用いて内界を表現することに加えて「影」という言葉と概念を新たに得たということにほかならない。こうして、「影」という言葉はたとえば光の単なる対義語ではなくなる。

その転換以後をさらに明瞭に示している作品がある。短編「眠り」（1989年1月）では、平穏な日常生活を送っている歯科医の妻が三十歳になって不眠に陥り、自らの人生を顧みながら次第に不安と恐怖にとりつかれ、ついに危機的な事態を迎える。不眠のきっかけは、ある夜嫌な夢を見て目覚めた後に続けてさらに幻覚あるいは夢を見たことであった。足元に「黒い影のようなもの」が見え、それは黒い服を着た痩せた老人で、水差しで「私」の足に水を注ぐのである。

> 私の足元の老人は水差しを持っているのだ。昔風の陶製の水差しだった。やがて彼はそれを上にあげて、私の足に水をかけ始めた。（中略）老人はいつまでも私の足に水を注ぎつづけていた。 ［2］

自分の足が腐って溶けてしまうのではないかという恐怖に駆られ、声にならない悲鳴をあげると、「私の中で何かが死に、何かが溶け」、「私の存在に関わっている多くのものを、根こそぎ理不尽に焼きはらってしまった」という。

　この奇妙な夢については、『アンナ・カレーニナ』の主人公が繰り返し見る、部屋の隅で顎髭の背の低い老農夫がフランス語でつぶやきながら袋の中をかき回しているという夢（第Ⅳ部3、第Ⅶ部26）[8] との間に「著しい対比」が認められるとして、短編「眠り」の悪夢はそれを「ポストモダン風に皮肉にシミュレートしたもの」[9] とする指摘がある。

　しかし、歯科医の妻の見る夢は、直接には平安時代の『かげろふ日記』巻中、作者の藤原道綱母が天禄元（970）年七月に石山寺に参籠した時に見た夢を参考にしていることは疑問の余地がない。その夢とは、

　　この寺の別当とおぼしき法師、銚子に水を入れて持て来て、右のかたの膝にいかくと見る[10]（石山寺の別

8　「眠り」の主人公の読む『アンナ・カレーニナ』がどのテクストであるかは未調査。『集英社版　世界文学全集』50、51（1977年12月、1978年1月）で確認した。

9　リヴィア・モネ（前川裕訳）「テレビ画像的な退行未来と不眠の肉体—村上春樹の短編小説における視覚性と仮想現実—」（『国文学解釈と教材の研究』第43巻3号　1998年2月）。なお、この論文は、短編「眠り」における際限のない覚醒を「フェミニズム的目覚め」と解釈する。

10　引用は日本古典文学全集『土佐日記　蜻蛉日記』（小学館　1973年）p.241による。また、日本古典文学大系『土佐日記　かげろふ日記　和泉式部日記　更級日記』（岩波書店　1957年）p.204。また、『かげろふ日記』の夢は石山寺縁起絵巻巻第二にも観音の霊験として載る。なお、浅利文子『村上春樹　物語の力』（森話社　2013年）「第七章　統合に向かう意識と身体　『眠り』『人喰い猫』『タイランド』」もこれを「類似する夢」として指摘したうえで、短編「眠り」の夢について、黒衣の老人は夫、その夫が「私」の自由と自立を将来にわたっ

当と思われる僧が、銚子に水を入れて持って来て、右
の方の膝に注ぐと見る）。

　というものであった。道綱母は、本尊の観音が見せてく
ださったのであろうと感激している。もちろん、この指摘
をもって『アンナ・カレーニナ』の夢との関係を否定しよ
うというのではない。『アンナ・カレーニナ』は、不眠に
まかせて歯科医の妻が繰り返し三回も読む小説であり、し
かもその夢は主人公アンナの鉄道自殺という破滅を予告す
るものであるという点で、短編「眠り」の夢と対応する。
村上春樹は、夢の内容を『かげろふ日記』に借り、機能を
『アンナ・カレーニナ』に沿わせたと見なされる。

　短編「眠り」の夢は「私」自身を解体してしまうほどの
ものであったというが、しかしこの恐ろしい力は外部から
加えられたとは考えがたい。足元の黒い服の老人の鋭い凝
視を受けて覚えたのは、「根源的な、まるで底なしの記憶
の井戸から音もなく上がってくる冷気のような恐怖」であっ
たという。この表現は、恐怖が「私」の内部に由来する
ことを示唆する。なぜなら、村上春樹の作品には「井戸」
がしばしば現れ、そこにはフロイトの提唱するイド（id す
なわち自我の下層をなす精神的エネルギーの源泉を言う）

て阻害することへの危惧と解釈するが、一面的であり単純化しすぎ
ている。

が含意されていることはたびたび指摘されているからであり[11]、ここもまたそうであろう。

　「私」は自分の不眠を「覚醒した暗闇」[5]として捉え、そこから死についての新しい想念にとらわれる。そして、この認識は「私」を現実の暗闇に導いていく。「私」は一人深夜の公園に車を走らせ、車を停め、目を閉じて「眠りのない暗闇を眺めていた」[6]。そこに二つの「黒い影」（男）が現れ、車を揺さぶる。この危機的な状況が不眠のきっかけとなった夢によって予告されていたことは、その二つの場面に用いられる「黒い影」という言葉が裏付ける。二つの場面の「黒い影」は別ものではなく、しかもともに「私」の内部から出現したのであるとすれば、車を揺さぶり続けて倒そうとする男たちの行為は「私」自身の心的な活動であり、『ダンス・ダンス・ダンス』の表現を借りるならば、これもまた「ある種の自己破壊」[39]の衝動であったということになる。

　短編「眠り」において「影」をめぐって見落とせないのが、大学生の頃に陥った不眠症の際に覚えた感覚の回想である。

　　　覚醒がいつも私のそばにいる。私はその冷やかな影

---

11 小林正明『村上春樹・塔と海の彼方に』（森話社　1998年）に代表される。

18

を感じ続ける。それは私自身の影だ。（中略）私は私
自身の影の中にいるのだ。

　この言説は、『ダンス・ダンス・ダンス』において、さ
まざまの「影」の集約されるドルフィン・ホテル（の異空間）
について、繰り返し「僕はそこに含まれている」［1］と思
い、羊男からもそのように言われることと同義であろう。
　こうして『ダンス・ダンス・ダンス』以降、「影」は村
上春樹の小説において特別な意味を持つようになった。す
なわち、「影」とその関連素材群は、人間の内界と外界（現
実世界）とを結びつけるメディウム（媒体）としてその機
能を拡充することになったのである。

５．ユング＝河合理論の摂取と展開

　では、村上春樹にこのような転換あるいは拡大あるいは
深化をもたらした契機は何であったのか。
　柘植光彦[12]は、村上の小説において現実世界と異界をつな
ぐものを「メディウム」として捉え直し、それらをユング
の〈元型〉とも関連づけて説明する。一方、フロイトの心

---

12 柘植光彦「メディウム（巫者・霊媒）としての村上春樹—「世界的」
　であることの意味」（『村上春樹　テーマ・装置・キャラクター　国
　文学解釈と鑑賞　別冊』2008年1月）。

理学との関係を重視する小林正明[13] は、『ダンス・ダンス・ダンス』の「影」をめぐってユング派の影論とペルソナ論に言及するけれども、村上春樹の小説との関係についてはこれを退けている。

　しかし、村上春樹の「影」の諸相と機能は、やはりユングの「影」およびそれに関連する種々の概念と符合するところが多い。「影」が人格化されていること、自己が「影」に支配されること、「影」に否定的な視線が向けられること、「影」が個別性を超えて通有性をそなえていること、これらは次のようにユング派の河合隼雄の著作の随所にたやすく見いだすことができる。

　①ユングが影をどのように定義しているかは、簡単なようで案外解りにくい。たとえば、彼の言葉を引用すると、「影はその主体が自分自身について認めることを拒否しているが、それでも常に、直接または間接に自分の上に押しつけられてくるすべてのこと―たとえば、性格の劣等な傾向やその他の両立し難い傾向―を人格化したものである。」と述べている。（河合隼雄『影の現象学』［思索社 1976 年］第 1 章影）

13　小林正明『村上春樹・塔と海の彼方に』（森話社　1998 年）09 影と自己破壊、同「影の村上春樹・あまりに精神分析学的な」（『村上春樹　テーマ・装置・キャラクター　国文学解釈と鑑賞　別冊』2008 年1 月）。

②実際、われわれは自分の行動がむしろ影によって律せられているとさえ、感じさせられるようなことも経験するのだ。（河合隼雄『昔話の深層』［福音館書店1977年］第5章影の自覚）

③ここで影の力が強くなり自我がそれに圧倒されるときは、完全な破滅があるだけである。ある個人がみすみす自分を死地に追いやるような無謀な行為をするとき、その背後に影の力がはたらいていることが多い。（『影の現象学』第5章影との対決）

④心の中に層的な構造を仮定し、無意識の存在を強調することは、フロイトをはじめとして、深層心理学のあらゆる学派の特徴である。ここで、ユングは一歩進めて、その無意識を個人的無意識と普遍的無意識の層に分けて考えるのである。（河合隼雄『母性社会日本の病理』［中央公論社1976年］「ユング理論の再認識」）

⑤ユングは影にも個人的な影と普遍的な影があると考える。ある個人にとって、その性格と反対にあるような傾向として個人的な影が存在するが、普遍的影は万人に共通なものとしてすべての人の受け容れ難い悪と同義のことになってくるのである。（『昔話の深層』第5章影の自覚）

これらを整理して言えば、ユング＝河合の「影」とは、みずからのうちにあって否定的に見なしたいもう一人の自己で

ある。それは自己本体から自立的に活動するばかりでなく、自己を根拠付け、しかし時に自己を破滅に向かわせる両義的存在である。こうした「影」の表象は、『ダンス・ダンス・ダンス』の五反田の言動、また短編「眠り」における「私」の夢と男たちの襲撃に顕著に認められる。また、ユング＝河合のいう「影」は人の無意識に根ざしているが、その無意識の領域は個人の心の水準にとどまるのではなく、個別を超えて普遍的あるいは集合的な無意識の層に根拠を持つとされる。こうした普遍的無意識は、『ダンス・ダンス・ダンス』における六体の骸骨の並ぶ部屋、ドルフィン・ホテルの異空間、その異空間に存在する羊男に相当することは、これらをめぐる作中の種々の言説に明らかであろう。その異空間は、「僕」の内界であると同時に、「ここがみんなに繋がっている」「ここを中心にしてみんな繋がっている」「ここは結び目」［11］、羊男の「おいらの役目は繋げること」「配電盤みたいに」¹⁴［11］という説明によれば、まさしく普遍的無意識であるということになる。

６．むすび

　始めに述べた通り日本語の「影」という言葉は多様な用

---

14 配電盤の交換と古い配電盤の葬式は、『1973年のピンボール』における「僕」と双子の共同生活の中心的なエピソードである。

法を持ち、またユング＝河合も「影」は多様な姿で出現すると説く。この多義的で多様な「影」概念こそ、村上春樹の小説の着想と展開に必要であり有効であった。村上春樹はこうして、ユングの学説を紹介し、解説し、それの展開を図った河合隼雄の著作を通じて精神分析学を学び、摂取し、応用して、「影」とその関連素材群をメディウムとして個人的無意識と普遍的無意識とを形象したと見なされる。すなわち村上春樹は、ドルフィン・ホテル（の異空間）と羊男とを普遍的無意識として再定義すべく『ダンス・ダンス・ダンス』を構想した、あるいは『ダンス・ダンス・ダンス』を発表することによって青春三部作を位置づけ直そうとしたという事情が看取される。

　村上春樹批評史の観点から心理学的言説の展開をたどる掛川恵[15]は、河合隼雄の影響を受けつつ河合の物語理論でテクスト分解されそうな作品を提出する村上の姿に簡略ながら言及する。また小嶋洋輔は[16]、村上春樹が『ねじまき鳥クロニクル』（1994〜95年）を経て転換の時期を迎えるとして、その契機は1994年5月5日にプリンストン大学で行われた河合隼雄との公開対話であると指摘する。一方で、

15　掛川恵「村上春樹論—心理学的言説の発生とその変遷—」（『青山語文』第37号　2007年3月）。

16　小嶋洋輔「村上春樹と「救い」」（『村上春樹　テーマ・装置・キャラクター　国文学解釈と鑑賞　別冊』2008年1月）。

柘植光彦は[17]、『世界の終りとハードボイルド・ワンダーランド』（1985年）について、その「執筆の時点では、村上春樹は明瞭にユングを意識していただろう」と指摘する。

　如上検討したように、河合隼雄と村上春樹の小説の関係は、両人が直接接触を持つ以前の1980年代後半、確実なところでは『ダンス・ダンス・ダンス』（1988年）にさかのぼると認められる。

テキスト

村上春樹（1990）『村上春樹全作品1979～1989①風の歌を聴け 1973年のピンボール』講談社

村上春樹（1990）『村上春樹全作品1979～1989②羊をめぐる冒険』講談社

村上春樹（1991）『村上春樹全作品1979～1989⑤短編集Ⅱ』講談社

村上春樹（1991）『村上春樹全作品1979～1989⑦ダンス・ダンス・ダンス』講談社

村上春樹（1991）『村上春樹全作品1979～1989⑧短編集Ⅲ』講談社

17　柘植光彦「メディアとしての井戸―村上春樹はなぜ河合隼雄に会いにいったか―」（『国文学解釈と教材の研究』第43巻3号　1998年2月）。

参考文献

河合隼雄（1976）『影の現象学』思索社

河合隼雄（1976）『母性社会日本の病理』中央公論社

河合隼雄（1977）『昔話の深層』福音館書店

渡邊正彦（1992.3）「村上春樹「鏡」論―分身・影の視点か
　　ら―」『群馬県立女子大学紀要』第12号 1992年3月

柘植光彦（1998.2）「メディアとしての井戸―村上春樹は
　　なぜ河合隼雄に会いにいったか―」『国文学 解釈と教
　　材の研究』第43巻3号 學燈社

リヴィア・モネ（前川裕訳）（1998.2）「テレビ画像的な
　　退行未来と不眠の肉体―村上春樹の短編小説における
　　視覚性と仮想現実―」『国文学 解釈と教材の研究』第
　　43巻3号 學燈社

勝原晴希（1998.2）「脆く危うい朝―『ダンス・ダンス・
　　ダンス』」『国文学 解釈と教材の研究』第43巻3号
　　學燈社

小林正明（1998）『村上春樹・塔と海の彼方に』森話社

ルネ・ザゾ著（加藤義信訳）（1999）『鏡の心理学自己像
　　の発達』ミネルヴァ書房

掛川恵（2007.3）「村上春樹論―心理学的言説の発生とそ
　　の変遷―」『青山語文』第37号

山根由美恵（2007）『村上春樹〈物語〉の認識システム』
　　若草書房

加藤義信（2007.7）「村上春樹の小説にみる鏡像体験の諸相」『あいち国文』第 1 号

柘植光彦（2008.1）「メディウム（巫者・霊媒）としての村上春樹―「世界的」であることの意味」『村上春樹テーマ・装置・キャラクター国文学 解釈と鑑賞別冊』至文堂

小嶋洋輔（2008.1）「村上春樹と「救い」」『村上春樹テーマ・装置・キャラクター国文学 解釈と鑑賞別冊』至文堂

小林正明（2008.1）「影の村上春樹・あまりに精神分析学的な」『村上春樹テーマ・装置・キャラクター国文学 解釈と鑑賞別冊』至文堂

酒井英行（2008.1）「〈分身〉たちの呼応」『村上春樹テーマ・装置・キャラクター国文学 解釈と鑑賞別冊』至文堂

山﨑眞紀子（2008.1）「「羊男」論―『羊をめぐる冒険』『ダンス・ダンス・ダンス』を中心に」『村上春樹テーマ・装置・キャラクター国文学 解釈と鑑賞別冊』至文堂

西田谷洋（2008.12）「「僕」の亡霊たち―村上春樹「鏡」論―」『金沢大学語学・文学研究』第 36 号

森正人（2011.2）「鏡にうつる他者としての自己―夏目漱石・芥川龍之介・遠藤周作・村上春樹―」『国語国文学研究』第 46 号

渥美孝子（2011）「村上春樹「鏡」―反転する語り・反転

する自己─」馬場重行・佐野正俊編『〈教室〉の中の村上春樹』ひつじ書房

浅利文子（2013）『村上春樹　物語の力』森話社

村上春樹『国境の南、太陽の西』論 —メディウムとしての女性たち—

劉　曉慈

1．はじめに

　1988 年の『ダンス・ダンス・ダンス』以後、村上春樹は 1992 年に 4 年ぶりに『国境の南、太陽の西』を発表した。『国境の南、太陽の西』は、村上春樹の 90 年代の最初の長編小説として、90 年代のスタートを切った作品とも言えるだろう。この作品が発表された後、村上はインタビューでの「90 年代は村上さんにとってどんな時代になりそうでしょうか」という質問に対して、「自己回復の時代ですね。いろんなものを小説的に一通り抜けてきて、だんだん大事なものをしぼりこんでいって、自己をもう一度確立する時代」と答えている[1]。

　この小説の語り手は一人称の「僕」であり、始（ハジメ）という男である。始は自分の今までの人生を四段階に分け

1　村上春樹（1993）「村上春樹への 18 の質問」『広告批評』1993 年 2 月号マドラ出版 P.18

て、時系列的に語っていく。「第一段階」は生まれてから
中学校卒業までであり、「第二段階」は高校時代である。
「第三段階」は大学入学から妻の有紀子と結婚する30歳ま
でであり、「第四段階」は30歳から37歳までである。こ
のような「段階分け」という語り方は、従来の村上作品に
は見られない手法である。村上作品の語りについてはよく
研究視座とされていることから、『国境の南、太陽の西』
を究明するにも、語りの方法を軽視すべきではないだろう。

　一方、『国境の南、太陽の西』には「島本さん」、「イ
ズミ」、「イズミの従姉」、「有紀子」等、多くの女性が
登場しているが、初期三部作の「鼠」、『ノルウェイの
森』の「永沢」、『ダンス・ダンス・ダンス』の「五反田」
のような、個性的な男性の登場人物は見当たらない。始は
もっぱらこれらの女性とかかわって人生の四つの段階を語
る。彼女たちは相次いで始の人生の四つの段階に現れ、始
にいろいろな体験をさせていく。これらの女性はよく先行
研究で取り上げられているが、「四段階分け」という語り
方とどのような形で共存しているかという点については、
検討が不十分とも言える。

　本稿では、『国境の南、太陽の西』におけるこれら四人
の女性たちを取り上げ、各女性が始に及ぼす影響を解明し、
本作品の「四段階分け」という語り方を中心に分析して、
『国境の南、太陽の西』の作品世界に迫っていく。

2．島本さんの属する「別の世界」

生まれてから中学校卒業の15歳までの「第一段階」を、始は自分が「一人っ子」であることから語り始める。始の周囲には兄弟を持たない子供は珍しく、一人っ子である始はたびたび自分がみんなと違っていることで悩んでいた。

このような始は、自分と同じく一人っ子である転校生の島本さんに出会う。周りにほかの一人っ子がいないため、二人は親しくなり、「心を通いあわせた」（P.9）友達になる。始は「話をしてみると、僕らの間にはずいぶんたくさんの共通点があることがわかった」（P.11）と言い、自分と島本さんにいろいろな共通点が見つかり、自分は島本さんと「驚くほどよく似ていた」（P.12）と語る。

一方、始は自分と島本さんとの共通点を感じながらも、彼女の異質性に気づく。始はレコードを聴くために頻繁に島本さんの家に遊びに行く。そこで始は普段聴いているロックンロールに対して、島本さんの家で初めてライト・クラシック音楽とジャズに触れ、心を惹かれる。彼は島本さんの家で聴いたライト・クラシック音楽を「別の世界の音楽」（P.14）と称し、自分が「それに引かれたのはおそらくその『別の世界』に島本さんが属していたから」（P.14）と言い、島本さんを「別の世界の人」（P.14）としている。始の言う「別の世界」は彼が感じる島本さんの異質性の由来に違いない。では、「別の世界」とは何を意味しているのであろうか。

　島本さんは始をどこかに案内するときに、「こっちに早くいらっしゃいよ」（P.20）と言いながら始の手を握る。少年時代の始と島本さんとは、互いに異性としての好意を抱いているが、始はその好意を「いったいどう扱えばいいのかわからなかった」（P.20）と言っている。36歳になった始は次のように自分が12歳の時、島本さんから感じた性欲を語っている。

　　　彼女と会っていた頃、僕はまだ十二歳で、<u>正確な意味での性欲というものを持たなかった。彼女のスカートの下にあるものに対して漠然として興味を持つようになってはいた。しかしそれが具体的に何を意味するのか知らなかったし、それが僕を具体的にどのような地点へ導いていくのかということも知らなかった。</u>
　（P.22-P.23、下線は論者による、以下同）

　以上の引用文から見ると、12歳の始は島本さんに好意を持っているが、性欲をはっきり認識していないことが分かる。性欲は未知なものとして始の好奇心を引き起こし、彼をある「地点」へ導いていく。
　島本さんは36歳になり始に再会した後、始に「十二歳のときからもう、裸になってあなたと抱き合いたいと思っていたのよ」（P.199）と言い、その時には始に性の衝動をもっていたと告白する。これは、始の当時の自分は「正確な意味

での性欲というものを持たなかった」（P.22）という語りに
対して非常に対照的な表現だと言える。この齟齬は、始が島
本さんにある「地点」に導かれたためだと考えられる。

　12歳の「性」と言えば、思春期が想起されよう。何故な
らば、思春期と言えば、女子なら初潮、男子なら精通の体
験により始まると言われ[2]、「性」と深く関っているからで
ある。周知の通り、女子の思春期は、男子より早くおとず
れる。まだ自分の性欲をうまく把握できなかった始に対し
て、自分の異性に対する性の衝動を理解していた島本さん
は、始よりひと足早く思春期に入っていたと考えられる。
このように、12歳の始が島本さんに導かれた「地点」は思
春期に関わるものだと言えよう。

　始は、自分と同じく一人っ子で同年齢の島本さんに親近
感を感じる一方、既に思春期に入った彼女に異質性をも覚
える。始が言う「別の世界」とは思春期や性欲に関わるも
のだと考えられる。思春期は始にとって「別の世界」であっ
て、島本さんが始の手を握って、「こっちに早くいらっ
しゃいよ」と言う前述のエピソードは、島本さんが始を「別
の世界」としての思春期へ招待し、導いていく象徴とも見
られよう。一歩進んで言えば、12歳の島本さんは始を思春
期へ招待するメディウムなのである。

2　福島章（1992）『青年期の心――精神医学からみた若者』講談社 P.21

3．12歳の島本さんと「渦」

　島本さんの家で「別の世界の音楽」を聞くたび、12歳の始は「目を閉じてじっと意識を集中していると、その音楽の響きの中にいくつかの渦が巻いているのを見ることができた」（P.15）と言って、現実世界に存在していない「渦」を見る。

　この「渦」は、音楽だけでなく、島本さんを通しても見られる。島本さんが手をスカートの膝の上に置いて、指でスカートの格子柄をゆっくりとなぞる情景を見ると、始は再び「渦」を見る。

　　　<u>目を閉じると、その暗闇のなかに渦が浮ぶのが見えた</u>。幾つかの渦が生まれ、そして音もなく消えていった。<u>ナット・キング・コールが『国境の南』を歌っているのが遠くのほうから聞こえた。</u>　（P.19）

　「別の世界」に属する音楽や島本さんを通して、始は「渦」が見えるようになる。「別の世界」に関連する「渦」は、思春期に関わるものだと看做されよう。それだけでなく、「渦」が消えていくとともに、まるでそれと結びついているかのように、ナット・キング・コールの『国境の南』という曲が遠くの方から聞こえてくる。このことを踏まえて、以下は『国境の南』との関わりに注目しながら、「渦」について考察する。

村上春樹『国境の南、太陽の西』論―メディウムとしての女性たち―

　『国境の南』の冒頭には、「South of the border - down Mexico way. That's where I fell in love」（国境の南――メキシコ。私はそこで恋に落ちた・日本語訳は筆者による）とある。恋に落ちた場所としての「国境の南」は、始と島本さんとが互いに抱いていた好意と呼応しているのではないか。そして、「国境の南」という言葉について、始は次のように語る。

　　　もちろんナット・キング・コールはメキシコについて歌っていたのだ。でもその当時、僕にはそんなことはわからなかった。国境の南という言葉には何か不思議な響きがあると感じていただけだった。その曲を聴くたびにいつも、国境の南にはいったい何があるんだろうと思った。（P.19-P.20）

　当時まだ小学生であった始は、「国境の南」がメキシコであるということが分からなかった。「国境の南に何があるんだろう」と思い、「国境の南という言葉には何か不思議な響きがある」と感じていた始の姿から見ると、「国境の南」は始にとって未知の世界であり、彼の好奇心を呼び起こしているのが分かる。これは、当時の始の「性欲」に対する姿勢とほぼ重なっているのではないか。「国境の南」という言葉が始にもたらした情緒が、始の性欲に対する姿勢と共通するところからみると、その曲が始の思春期とつ

ながっていることも明白であろう。それが故に、思春期や性欲に繋がる「渦」が消えたあと、『国境の南』という歌が遠くから聞こえるのである。

　音楽は「異界」に繋がる装置として村上春樹の作品の中にたびたび登場するが[3]、「国境の南」とは一体何なのであろうか。それは、12歳の始にとって、思春期としての「別の世界」を象徴する言葉であろう。そこにあるのは、始がはっきり捉えられない性欲に相違ない。『国境の南』に結びついていく「渦」は、始が思春期に入る前触れのような存在ではないか。このように、「別の世界」の象徴として、「渦」は始がメディウムとしての島本さんを通して感じる性欲の兆しであり、芽生えた性欲のメタファーだと看做されよう。

４．イズミの従姉と「竜巻」

　12歳の始が島本さんの家に遊びにいくとき、島本さんの母親はいつも始を歓迎し、ジュースを出したりして優しく

3　鈴木淳史（2010）「まずは音楽、お次に文学？――春樹作品とクラシックの関係を深読みする」で、鈴木淳史は、『ねじまき鳥クロニクル』の冒頭で、「僕」がロッシーニ「泥棒かささぎ」序曲を聞いた後、異界から奇妙な電話を貰うと述べ、『1Q84』で、ヤナーチェックの「シンフォニエッタ」は青豆が「1984年」から「1Q84年」に移行する前触れであると指摘し、クラシック音楽と村上作品の中の「異界」との関りを示唆している。（『村上春樹を音楽で読み解く』日本文芸社P.56）

接する。しかしながら、中学校に進むと、島本さんの母親
は奇妙な目で始を見始める。

　　その頃僕らは、<u>非常に微妙な年齢を通り抜けようと
していた。</u>中学校が違って、駅二つ分の距離があいて
いるだけで、自分たちの世界がすっかり変ってしまっ
たように僕には感じられたのだ。（中略）<u>それから僕
は彼女の母親がだんだん僕のことを奇妙な目で見始め
ているように感じたのだ。「どうしてこの子はいつま
でも家に遊びに来るのかしら。もう近所に住んでもい
ないし、学校も別なのに」</u>と。（P.21-P.22）

　その視線が気になって、始はだんだん島本さんと疎遠に
なる。これは中学校一年生のことで、「非常に微妙な年齢」
というのは、13歳のことを指している。
　村瀬学は「13歳」という年齢について、「それは「13歳」
論を「国境」論のように論じる主題だとでも言えるだろう
か。子どもと大人の「境界」を「国境」のように意識し直す、
という主題である」[4]と提起している。「13歳」は、非常に
曖昧な年齢と言えよう。大人とも言えないし、子供とも言
えない。島本さんの母親は、12歳の始を普通の子供と見て

4　村瀬学（1999）『13歳論　子どもと大人の「境界」はどこにあるのか』
　　洋泉社 P.1

いたのに、始が 13 歳になった途端、彼女は始のことを自分
の娘の純潔を脅かす存在と見做しはじめる。島本さんの母
親の反応を見ると、「13 歳」の一つの側面を提示している。
それは、子供かどうかということである。始の立場でいえ
ば、「男の子」か、「男の人」なのか、という問題である。
13 歳の始は、まさに「子供と大人」の境界に立っていたの
である。

　このような始は島本さんのことを懐かしく思い出しなが
ら、「第二段階」の高校時代へ進んでいく。始は自分の人
生の「第二段階」を「新しい世界」（P.29）と呼んでいる。
その段階で、始には「イズミ」という名前のガールフレン
ドができる。彼は自分が求めているのは「イズミをまず裸
に」（P.30）して、「彼女と性交する」ことだと述べる。
彼はイズミとキスしたり、イズミの裸の体を抱いたりし、
これらの行為を通して、「大人になろうと」（P.39）する。
「13 歳」は始の「子供と大人」の境界と言えば、性的関係
は「大人へのイニシエーション」であろう。このように、
始が言う「新しい世界」とは、12 歳の時の始にとっての「別
の世界」、つまり思春期を通して性欲が分かるようになっ
た段階と考えられる。

　しかし、イズミは始との性交を拒んで、二人は性的な関
係においては最後の段階まで行かなかった。始はこれにつ
いて、「僕がイズミの中にいつも僕のためのもの（傍点原
文ママ、以下同）を発見できない」（P.37）、「もし彼女

の中にその何かを見出せたなら、僕はたぶん彼女と寝ていただろう。僕は絶対に我慢なんかしていなかっただろう」（P.37）と言い、イズミから自分のための「何か」を感じられないと断言し、二人の性交は絶対に必要なものではないと述べている。

　それに対して、始はイズミの従姉から「吸引力」（P.50）を感じる。土居豊は、この「吸引力」を「性的吸引力」としている[5]。始は最初にその従姉と顔を合わせたときから、「この女と寝なくてはいけない」（P.49）と感じ、彼女と性交する必要性があるのだと認識する。そのため、イズミの非常に親密な従姉であるにも関らず、始は彼女と性交する。始たちは神戸に、その従姉は京都に住んでいるが、始は毎週京都に通うようになり、京都で異常な性欲に駆られ、不思議な性的体験をする。

　始は彼女を「愛しては」（P.52）おらず、彼女も始のことを愛してはいない。二人は恋人でもなく、長くやっていける気もせず、二人の間は「性」しかないように、「脳味噌が溶けてなくなるくらい激しくセックス」（P.50）し、「会うたびに四度か五度は性交」（P.51）し、「精液が尽きるまで彼女と交わ」（P.51）る。始は、二人の「性」への渇きを「竜巻のようなもの」（P.52）とし、自分は「何かに激しく巻き込まれていて、その何かの中には僕にとって重

5　土居豊（2010）『村上春樹のエロス』KK ロングセラーズ P.77

要なものが含まれている」（P.52）というふうに語る。つまり、イズミから感じられず、イズミの従姉から感じられる「何か」は、思春期に入った男子の精神生活を根底から揺るがす「性の衝動」であろう。「僕にとって重要なものが含まれている」とあるのは、思春期の男子における「性」の重要性と繋がるのではないか。

　一方、始はイズミを愛して彼女と付き合うようになったが、彼女に「性の衝動」としての「何か」を感じることはなく、彼女との性交を我慢することができる。それに対して、彼はイズミの従姉に「竜巻」のような性衝動を感じて、それに駆られイズミの従姉と性交するため京都に通う。イズミの従姉との関係がイズミに知られた後、始は自分の感じた本能とそのことの必然性をイズミに説明しようとするが、イズミには全く理解してもらえない。そこには、二人の女性の存在を通して、始を捉えた対照的な「性の衝動」の働きが示されている。

　ここで、「竜巻」という言葉に注目したい。始が12歳に見た音もなく消えていった「渦」に対して、彼はイズミの従姉と「竜巻」に激しく巻き込まれている。この「渦」と「竜巻」という言葉の選択は、偶然ではないだろう。「渦」が思春期に入る前の性欲の兆しであるならば、「竜巻」は思春期に入った始を翻弄する性の衝動を象徴するのではないか。「渦」から「竜巻」へという変化は、思春期に入ってから、性欲の芽生えから爆発への過程と考えられよう。島本さんを

通して性欲や思春期を窺うように、始はイズミと彼女の従姉を通して性の衝動を体験する。島本さんが始を思春期へ招待するメディウムだとしたら、イズミと従姉の二人は始に性の衝動を認識させるメディウムだと言えよう。

５．36歳の島本さんと「雨」

　高校卒業後から30代を迎えるまでの12年間は始の人生の「第三段階」である。始は「失望と孤独と沈黙のうちに過ご」（P.58）す。この12年間、始は何人かの女性と寝たが、彼女たちの中に「僕のために用意された何かを見いだすことができな」（P.58）かった。30歳になった始は、旅行中に急に大雨に降られ、雨宿りをしている時に有紀子という女性に出会う。始は大雨の中で、有紀子から久しぶりの「吸引力」を感じて、彼女と結婚し、人生の「第四段階」に入っていく。その後、始は義父の援助を受け、青山で二軒のジャズバーを経営する。始が36歳の時に島本さんが始の店にやって来て、二人は再会する。始はある女性を見て、「吸引力」を感じ、後にその女性が島本さんだと分かる。

　島本さんは何故か雨の日に限って姿を現す。彼女が初めて店に来た時、「外にはまだ雨が降りつづいて」（P.108）いる。また、二回目も同じく雨の日で、「彼女の髪は雨に濡れていた。湿った前髪が額に幾筋か張りつ」（P.112）いている。次に二人で一緒に石川県に行ったときも、雪が降っ

ている。それから春が来るまで始は島本さんと毎週のように会う。直接的な雨の描写はないが、始の「不思議なことに、彼女はいつも静かな雨の降る夜にやってくるのだ」（P.180）という語りを見ると、始が島本さんと会うたび、「雨」は二人を媒介するように降っている。

　前述のように、始は「何か」を持たないイズミとの性交は絶対に必要なものではないと断じ、一方で「何か」を持つイズミの従姉に「竜巻」のような「性的な吸引力」を覚える。そして、「第三段階」で寝た何人かの女性にそれを見出すことはできなかったが、雨の日に出会った有紀子に「吸引力」を感じる一方、雨の日にしか姿を現さない36歳の島本さんにも「吸引力」を感じる。要するに、最初の「渦」から「竜巻」、今度の「雨」に至るまで、すべて人間の性欲に関わるものである。

　再会した後、36歳の島本さんと始は相変わらず12歳の時の呼び名で呼び合っている。始は島本さんのことを「島本さん」と呼び、島本さんは始のことを「ハジメくん」と呼んでいる。二人の時間は、まるで小学校時代から止まっているかのようである。また、島本さんは勤務経験が全くなく、お金の使い方しか知らない。このような島本さんは、社会性がない上に、まるで子供のようである。それに、島本さんは現在の自分のことについて始に何もふれさせない。最後に、島本さんと箱根の別荘の中で性交している時、始は島本さんに「僕は君のことを知りたいんだ」（P.204）

と要求し、島本さんは「明日になったらね、何もかも話してあげるわ」（P.204）と答えるものの、翌日、姿を消して二度と始の前に現れない。こうして、36歳のとき再び始の前に現れた島本さんは始にとって、「12歳の島本さん」として存在している。つまり、『国境の南』を流し、始に「渦」を見させた日々の島本さんである。

　一方、始は島本さんに会うたびに、島本さんに対する欲求が高まっていく。始は最初「島本さんと寝るつもりはない」（P.123）と言ったが、島本さんが12歳のときに二人で聴いていたナット・キング・コールのレコードを始に贈り、二人で箱根の別荘で『国境の南』を聴いている時に、始は島本さんに「僕は君のことを愛している」（P.194）と告白する。その後、二人は「その床の上で何度か交わ」（P.203）る。ここの「何度か」の性交から、始がイズミの従姉と「会うたびに四度か五度は性交」していたことが想起されよう。また、前述のとおり、『国境の南』は始にとって性欲に繋がる装置である。二人の交際は思春期が空白であり、再会した二人は、時間がまるで25年前から止まっているかのようである一方、互いに性の衝動を我慢するも、始の思春期の入り口を象徴する『国境の南』が流れた後に性交する。このように、36歳の時に再会した二人は、もう一度思春期体験をしたと考えられる。12歳の時と異なるのは、二人の成熟した体である。結局、性の衝動に駆られ「何度か」の性交をする。それは心と体の乖離だと言えよう。

つまり、「雨」は30代の始の感じた「性の吸引力」の表象であるのみならず、始と島本さんとの媒介として、始の思春期体験を蘇らせるものなのである。

　注目すべきは、島本さんは『国境の南』を流して始と性交したあと、始に何も教えないまま「12歳の島本さん」として始の前から姿を消したことである。まずは「13歳」という年齢を見てみよう。「4」で論じたように、13歳は始にとって、「子供と大人の境目」であり、性的関係は「大人へのイニシエーション」である。12歳のままで消えてしまう島本さんは、13歳という「子供と大人の境界」を経験していないと考えられる。子供のままである「12歳の島本さん」が始と性交した後消えてしまうのも当然であろう。「子どもと大人の境界」という13歳になっていない「12歳の島本さん」は、始との性交を通して大人を体験して思春期というイニシエーションを乗り越えると見なされよう。

　以上のように、「雨」は始の人生の「第三段階」でほぼ消えてしまう性欲のメタファーであろう。有紀子、再会した島本さんを通して、始は再びイズミの従姉から感じる性の衝動を取り戻す。一方、36歳になった島本さんは「12歳の島本さん」を内在させている。始は12歳のとき島本さんと一緒に体験しなかった「性欲の世界」の土を36歳の島本さんとともに踏むのである。

６．36歳の島本さんと「死」

　島本さんと会うたびに、始はいつも「あるいは僕は幻のようなものを見ていたのかもしれない」（P.108）、「世界が一瞬がらんどうになってしまったような気がした」（P.139）、「現実を歪め、時間を狂わせた」（P.218）と感じる。要するに、始は現実世界とは異なることを体験するのである。そのため、島本さんに関する先行研究の多くは、その実在性の如何を論じている。斎藤英治は『国境の南、太陽の西』を「現代のゴースト・ストーリー」と呼んでいる[6]。横尾和博は、島本さんは「黄泉の国」から来たものであり、彼女を通して死という世界が始に開示されたと示唆している[7]。

　始と島本さんが再会した後、島本さんと「死」との繋がりはいくつかの場面で見られる。二人が石川県に行った時、急に発作を起こした島本さんについて、「瞳の奥は死そのもののように暗く冷たかった」（P.131）とある。二人が箱根の別荘で性交している時、始は島本さんの瞳を見て、それを「生まれて初めて目にした死の光景」（P.201）と言い、島本さんを通して、始は「死」を感じ取る。そして、二人が始の箱根にある別荘に着いた時、島本さんは「ヒステリア・シ

6　斎藤英治（1993）「現代のゴースト・ストーリー──村上春樹『国境の南、太陽の西』」『新潮』1993年2月号新潮社 P.258-P.261

7　横尾和博（1994）『村上春樹×九〇年代』第三書館 P.28

ベリアナ」という病気のことを始に語る。それは、シベリアの農夫が飲まず食わずで休むこともせずに西へ西へと歩いていき、その結果、地面に倒れて死んでしまうという奇病である。ここから見れば、島本さんが話す「太陽の西」は、「死に向う」方角であることが分かる。また、箱根への車の中で、島本さんは運転している始に、「手を伸ばしてそのハンドルを思い切りぐっと回したくなる」（P.190）と言い、「私と一緒にここで死ぬのは嫌？」（P.190）と聞く。また、「私もたぶんあなたの全部をとってしまうわ」とも言う。始は、後になって考えてみれば、その時の島本さんは自分の命を求めていたことが分かると述べている。

　始と島本さんとのふれあいから見ると、これらは始が島本さんに会うたびに、「死」という世界を彷徨っていると考えられる。始は36歳の島本さんを通して、「死」というもう一つの「別の世界」を体験したのではないか。島本さんの属する「別の世界」は、12歳までの始にとっては「思春期」であるが、さらに36歳で再会することになる島本さんの「死の世界」について予告的に述べていたのではないか。第四段階の「死」をも準備していたとも言えよう。12歳の島本さんが思春期という「別の世界」への体験を持ち出すメディウムであれば、36歳の島本さんは始に思春期を再体験させるメディウムでありながら、「死の体験」をさせ、「死」という別の世界を始にもたらすメディウムにもなるだろう。

46

7．『国境の南、太陽の西』における女性たち
　　—「渦」から「砂漠」へ

　以上、12歳の島本さん、イズミ、イズミの従姉、有紀子、36歳の島本さんまで、『国境の南、太陽の西』における女性たちについて始との関わりに着目し、「四段階」という時間順に従って論じてきた。これらの女性たちは、「渦」、「竜巻」、「雨」などの言葉を通して、始に「性欲」と深く関わるものをもたらす。順に沿って言えば、「第一段階」で、始は島本さんによって性欲の芽生えとしての「渦」を見た。「第二段階」で、「渦」は思春期になって拡大していき、性的衝動としての「竜巻」になり、上昇していく。「第三段階」で孤独な12年間を過ごした後、「雨」は30代の始の感じる「性の吸引力」として上から降ってくると、始を有紀子に出会わせ、「第四段階」で島本さんを連れてくる。そして、「死の体験」を引き起こす。

　「12歳の島本さん」の消失をはじめとして、始の思春期と関わるものが相次いで失われていく。「竜巻」を感じさせたイズミの従姉は死に、『国境の南』が収録されているナット・キング・コールのレコードは島本さんの消失と共に消えてしまった。それだけでなく、始の友人は始に「雨が降れば花が咲くし、雨が降らなければそれが枯れる」（P.89）、「あとには砂漠だけが残る」（P.89）と言い、「雨」の消失を予告している。一連の消失は「死」を暗喩すると考えられる。

　一方、「イズミ」を漢字にすれば「泉」であり、妻の「有紀子（ゆきこ）」の「ゆき」は「雪」を連想させる。これらの女性の「水」との関係も看過することはできまい。さらに一歩踏み込んで論じるならば、水が消失して「砂漠」になるのは、始の終焉を意味しているのではないか。「渦から砂漠へ」という変化から見ると、「思春期の芽生えから終焉へ」というプロセスが内包されていることが分かる。しかし、『国境の南、太陽の西』は次の語りで締めくくられている。

　　　僕はその暗闇の中で、海に降る雨のことを思った。
　　広大な海に、誰に知られることもなく密やかに降る雨
　　のことを思った。（中略）誰かがやってきて、背中に
　　そっと手を置くまで、僕はずっとそんな海のことを考
　　えていた。（P.234）

　砂漠になると予告されているにも関らず、始は海に降る雨のことを考えている。言うなれば、「島本さん」の「島」から、土地を囲む「海」が想起される。「海に降る雨」を単純に島本さんを求める欲望と解釈するより、「雨」が意味する「性」に繋がる「生」の力を望むのではなかろうか。換言すれば、それは終焉という「死」に対する抵抗でもある。
　また、これらの女性によって起こった性欲に関わる体験は際立っている。ここでは、始がこれらの体験をした後、

どのような反応を示したかに注目したい。「第二段階」で、イズミの従姉を通して性衝動を体験して、イズミを失った後、始は上京する。東京に向う新幹線の中で、始は「ここにいる俺という人間はいったいなんだろう」（P.54）と思い、「自分の成り立ち」について考える。そして、36歳の島本さんを通して「死」という「別の世界」を体験し、始は自分の存在について「僕はどこまでいっても僕でしかなかった。僕が抱えていた欠落は、どこまでいってもあいかわらず同じ欠落でしかなかった」（P.229）というふうに語り、自分のことを見つめなおす。言い換えれば、始はこれらの女性を通じて得られた体験によって、「自分」というものをもう一度確認し、確立していくことができたのである。このように、女性たちは始に自分の過去を自省させて、もう一度今までの人生を引き寄せて考え直させるのである。36歳の始は、そばにいる女性たちとのことを回想して自分の人生の四つの段階を語る。一つの段階に一人の女性が登場して、自分に何らかの影響を与えるという単純な構造ではない。自分の性欲と関るものを「渦」、「竜巻」、「雨」に喩えて、女性たちとの出来事によって成長してきた自分を語る。この意味において、始が語る女性たちは彼に性欲に関ることを経験させるメディウムであるだけではなく、彼の成長を促すメディウムでもあるのである。

8．おわりに

　「ラブストーリー」として認識されている『国境の南、太陽の西』を、「四段階分け」という語り方を視点に、作中の女性たちが始にもたらす影響を分析していけば、「思春期」をはじめとして性欲に関する成長のプロセスが窺える。メディウムとしての女性たちを語ることによって、主人公が改めて自己を確立していく姿が見えてくるのである。これは90年代を「自己をもう一度確立する時代」とする作者村上の話と呼応しているのではないか。

　また、村上春樹の80年代の作品において、『羊をめぐる冒険』（1983年）のキキや『ダンス・ダンス・ダンス』（1988年）のユキなどの女性は、よくメディウムとして扱われている。しかし、霊媒に近い存在として主人公に助言する80年代の女性たちとは違って、『国境の南、太陽の西』における女性たちは語り手の成長を促すメディウムとしての働きをつとめる。このように、90年代のスタートとしての『国境の南、太陽の西』は単なる「ラブストーリー」に留まらず、作家村上春樹の90年代以後の小説の変容を予告する作品だと言えるのである。

テキスト

村上春樹（2003）『村上春樹全作品 1990 〜 2000』講談社

参考文献

今井清人（1991）「村上春樹「風の歌を聴け」」『国文学
　　解釈と鑑賞』第 56 巻 4 号至文堂

福島章（1992）『青年期の心──精神医学からみた若者』
　　講談社

斎藤英治（1993）「現代のゴースト・ストーリー──村上
　　春樹『国境の南、太陽の西』」『新潮』1993 年 2 月号
　　新潮社

村上春樹（1993）「村上春樹への 18 の質問」『広告批評』
　　1993 年 2 月号マドラ出版

横尾和博（1994）『村上春樹×九〇年代』第三書館

勝原晴希（1998）「〈近代〉という円環──村上春樹『国
　　境の南、太陽の西』を読む」『日本文学研究論文集成
　　村上春樹』若草書房

木俣知史（1998）「からっぽであることをうけいれるとい
　　うこと──『国境の南、太陽の西』長編小説への旅」
　　『国文学　解釈と教材の研究』第 43 巻 3 号學燈社

村瀬学（1999）『13 歳論　子どもと大人の「境界」はどこ
　　にあるのか』洋泉社

高野光男（2008）「物語化に抗して──村上春樹「七番目の男」
　　の語り」『国文学　解釈と鑑賞』第 73 巻 7 号至文堂

鈴木淳史（2010）『村上春樹を音楽で読み解く』日本文芸社

土居豊（2010）『村上春樹のエロス』KK ロングセラーズ

妻の〈自立〉：「母」との相克
—「レーダーホーゼン」、「眠り」、「ねじまき鳥クロニクル」における「メディウム」を起点として—

山根　由美恵

はじめに

　「ねじまき鳥クロニクル」（1994 ～ 95：以下「クロニクル」と記す）は、主人公岡田亨の物語ではなく、妻・久美子が〈兄を葬る者〉として〈自立〉した物語ではなかろうか。山﨑眞紀子氏[1]は「夫の愛を借りて本来の自分を取り戻すために自身が闘った女性の物語」という「闘う女」としての久美子像を考察している。説得力ある論考だが、山﨑氏の考察には妻の〈自立〉に関わる「母」という視点が欠けているように思われる。

　本稿では、「レーダーホーゼン」（1985）、「眠り」（1989）、「クロニクル」という三人の妻の物語を考察し、

1　「『ねじまき鳥クロニクル論』―火曜日の女から金曜日の女へ―」
　　（『村上春樹と女性、北海道…。』彩流社、2013）

53

妻の〈自立〉の過程を明らかにする。妻の〈自立〉は容易に
は進まず、そこには「母」という存在が障害となっている。
この「母」という問題領域は、男性一人称設定の多い村上文
学において、『海辺のカフカ』『1Q84』[2] を除いて看過され
てきたテーマであり、そこには「マトロフォビア」という問
題が深く関わっている。「マトロフォビア」とは、アドリエ
ンヌ・リッチが提唱した母親恐怖症のことである[3]。

> 「マトロフォビア」（母親恐怖症）という言葉は、
> 詩人のリン・スーケニックがつくったものだが、自分
> の母親とか母性を恐れるのではなく、自分が母親にな
> るのを恐れることだ。多くの娘たちが自己嫌悪や妥協
> から解き放たれたいともがいているが、もともとそれ
> を教えたのは母親だと見ている。また、女が生きてい
> くうえで課せられる制約や女であるために低く評価さ
> れることを、いやおうなしに伝えたのも母親だと見る。
> 母親をそのようにしてしまったいろいろな力を母親を
> こえて見るよりも、母親自身を憎み、拒否するほうが
> はるかにやさしい。

2　平野葵「『1Q84』の〈母〉たち　『海辺のカフカ』との対比において」
　（『村上春樹　表象の圏域　『1Q84』とその周辺』森話社、2014）に
　おいて、村上文学における〈母〉の問題が追求されている。主として
　『1Q84』『海辺のカフカ』の討究である。

3　『女から生まれる』（晶文社、1990）

妻の〈自立〉：「母」との相克―「レーダーホーゼン」、「眠り」、「ね
　　じまき鳥クロニクル」における「メディウム」を起点として―

　「マトロフォビア」という視点で妻の〈自立〉を捉えた
とき、驚くほどその苦悩が鮮明に浮かび上がってくる。そ
して、「クロニクル」の久美子の〈自立〉には、「妻」と「母」
の相剋、「マトロフォビア」を乗り越えた一つの達成があ
ると考えられ、その後「妻」から「母」へ問題領域が移っ
てゆく道程と重なることとなる。

1．「レーダーホーゼン」
　　　―母の〈自立〉と娘の葛藤―

　「レーダーホーゼン」は、作家「僕」が妻の友人から母
の離婚理由が半ズボン（レーダーホーゼン）であったとい
う話を聞く物語である。母は「長く英語の教師をして」お
り、35 歳前後で一人っ子らしい彼女を生み、育てていた。
〈自立〉した女性のように思えるが、母は父の女性関係を
何十年も「想像力がいささか不足しているのではないかと
思えるくらい我慢強く」堪え忍んできた。娘への愛と家庭
という型を守ろうとする世間体のために自己を過剰に抑圧
してきたのである。その母が一人でドイツ旅行をする機会
を得、父が土産にリクエストしたレーダーホーゼンを買お
うとする。しかし、職人気質の店は調整をするため、本人
でないと売らないと断る。母は機転をきかせ、父の体型に
よく似た男性を連れてきて、採寸してもらう。

　　（前略）母にわかることは、そのレーダーホーゼン
をはいた男をじっと見ているうちに父親に対する耐え
がたいほどの嫌悪感が体の芯から泡のように湧きお
こってきたということだけなの。彼女にはそれをどうす
ることもできなかったの。（中略）母はその人の姿を
見ているうちに自分の中でこれまで漠然としていたひ
とつの思いが少しずつ明確になり固まっていくのを感
じることができたの。そして母は自分がどれほど激し
く夫を憎んでいるかということをはじめて知ったのよ。

　積み重なっていった夫への憎しみを認識する過程を〈レー
ダーホーゼン〉という非日常かつ牧歌的なアイテムに投
影させることで、逆にその憎しみの深さにリアリティを持
たせている。このレーダーホーゼンこそ、村上文学の特徴
であるメディウムに他ならない。
　酒井英行氏[4]は、レーダーホーゼンを母自身の生とみなし
ている（「細かい調整をすることによって、夫、娘、そし
て世間という「お客様」の体型（期待、価値観）におのれ
をあわせてきた」）。加藤典洋氏[5]は「女性器」の象徴と捉
えている。双方とも夫に「調整」されるものとしての妻（父
権制下の女性）として捉えていることには変わりない。

4　『村上春樹　分身との戯れ』（翰林書房、2001・4）
5　『村上春樹の短編を英語で読む1979－2011』（講談社、2011・8）

　そもそもなぜレーダーホーゼンだったのだろうか。レーダーホーゼンはドイツの民族衣装であり、主として、ハレの場である祭りや結婚式で使用する。ドイツ人は宗教との関わりが強く、宗教的行事の際には普段着ではなく古くから継承されてきたその地域の宗教と密接に関わった民族衣装を着用する[6]。父は日本人としては似合う体型であったと設定されているが、中年の日本人が日本で日常や祭りに着るのはやはり滑稽だろう。その姿を外から見る妻は、レーダーホーゼンを欲しがる夫の本質を冷静に見たと言える。

　鷲田清一[7]が「ひとはこれまで衣服のことを《第二の皮膚》と呼んできた」と言うように、服は身にまとう物以上の意味をもつことがある。拙稿[8]で述べたが、「トニー滝谷」のトニーの妻は自らの存在の空白を埋めるためにブランド物の「服」を身にまとい、自身の実存を支えていた。村上文学における「服」は、その人間以上にその人の本質を表すことに使われている。レーダーホーゼンは、「妻」のみの表象ではなく「父」その人の存在が卑小であること、その卑小な父に合わせて自らを抑圧してきた自らの滑稽さを明確に表すアイテムであり、「耐えがたいほどの嫌悪感」が

6　『世界の民族衣装の事典』（東京堂出版、2006）

7　『ひとはなぜ服を着るのか』（NHK ライブラリー、1998）

8　「絶対的孤独の物語—村上春樹『トニー滝谷』『氷男』におけるジェンダー意識—」（『国文学攷』2010・3）

生まれるに相応しいメディウムである[9]。

　ただ、レーダーホーゼンは母の〈自立〉だけではなく、娘の生をも決定してしまった。母は父と離婚するが、娘も一緒に絶縁する。そのことに娘は深く傷つき、母を恨んでいた。しかし、離婚後三年経って、母からレーダーホーゼンについての話を聞くことで、彼女は母を憎みきることができなくなる。最後、「僕」は「さっきの話から半ズボンの部分を抜きにして、一人の女性が旅先で自立を獲得するというだけの話だったとしたら、君はお母さんが君を捨てたことを許せただろうか?」と問うが、娘は「駄目ね」、「この話のポイントは半ズボンにあるのよ」と語る。「それは私たち二人が女だからだと思う」と彼女は母の〈自立〉に共感したのである。

　子供として自分を捨てた母を許すことはできないが、夫からの〈自立〉を同じ女性という立場から共感してしまった娘は、その後、恋愛はするが、結婚まで至らない。自己を抑圧することで成り立ち、それが娘を捨てるまでの深い憎しみを生み出した母の結婚生活を見てしまったことで、結婚に踏み切る決心がつかないでいる。これは、アドリエ

9　安藤宏氏は次のように述べている。「問題は最も身近であると信じられていた「家族」関係の内部に、ほとんど当人たちですら無自覚な空洞ができているということ、そしてそれが〈半ズボン〉という、一個のモノのカタチを通して初めて浮き彫りにされてくる不気味さにこそ潜んでいたのではなかったか」（『国文學』1998・2臨時増刊号）

ンヌ・リッチの言う「マトロフォビア」[10]、「女が生きてい
くうえで課せられる制約」を母を通して見てしまったこと
で、母そっくりの人生を送ることを拒否する娘に見事に符
合する。

　ただ、彼女は独身生活に不満を持っていない設定だが、
友人である妻ではなく、「僕」に「レーダーホーゼン」の
話をした。この話は、自分が結婚をしない理由（トラウマ）
の吐露であり、「僕」に異性としての何らかの救いを求め
たと言える。しかし、「僕」は共感しても、それ以上のこ
とは何もできない。なぜなら、彼女は「妻の友人」だから
である。

　短編集『回転木馬のデッド・ヒート』は「はじめに」に
おいて、「我々はどこにもいけないというのがこの無力感
の本質だ。我々は我々自身をはめこむことのできる我々の
人生という運行システムを所有しているが、そのシステム
は同時にまた我々自身をも規定している」、「メリー・ゴー
ラウンド」と語られている。短編集のテーマはメリー・
ゴーラウンドのように同じ所をぐるぐる回るかに見える
〈どこにもいけない我々の人生〉の諸相である。冒頭作「レー
ダーホーゼン」は、このテーマを最も色濃く映し出して
おり、娘はこの後も「どこにもいけない」ことが想像され
る。「レーダーホーゼン」は、母の〈自立〉の物語である

10　『女から生まれる』（晶文社、1990）

とともに、その母に捨てられた娘が「マトロフォビア」で
苦しみ、その先の救いが見いだせない葛藤の物語である。

2. 「眠り」―脅かされる〈自立〉／「母」の否定―

　「レーダーホーゼン」の母は〈自立〉できたが、娘は「マ
トロフォビア」となって母の生に捕らわれ、〈自立〉でき
ないで苦しんでいた。「眠り」も妻の〈自立〉をめぐる物
語であるが、「マトロフォビア」とは違った、母自身の「母」
否定というテーマが描かれている。

　専業主婦の「私」はある夜、悪夢を見たことがきっかけ
で「不眠」となる。この「不眠」は体調不良を起こさず、
逆に生命力が溢れる状態となる。「私」は誰にも相談せず、
時間が拡大されたと捉える。しかし、今までの生活から微
妙なズレが生まれ始め、最後破滅を予想させる結末を迎え
る。作中には『アンナ・カレーニナ』（以下『アンナ』と
記す）が間テクスト性をもって登場する。「眠り」と『ア
ンナ』には、1、悪夢のもたらしたもの、2、妻の覚醒、3、
「母」の否定がもたらす悲劇、という構造上の重要な共通
点がある。

2.1　悪夢のもたらしたもの―「望ましい妻」の解体―

　「眠り」というテクストの最も顕著な特徴は、不眠症に
陥った「私」がはちきれんばかりの生命力を得たことであ

る。「私」は以前不眠症になったことがあるが、それは一
般的な不眠症であり、寝られないまま起きているのか寝て
いるのかわからない朦朧とした状態が一ヶ月続いた後、眠
ることで回復した。しかし、今回の不眠は全く違った。あ
る夜、「私」は足下に黒い影のようなもの（黒い服の痩せ
た老人）を感じる。その老人は陶製の水差しで「私」の足
に水をかけ続け、「私」は自分の足が腐って溶けてしまう
のではないかと恐怖し、全身全霊の「無音の悲鳴」をあげ
た。これは夢であったが、この後から不眠となる。

　悪夢について、リヴィア・モネ氏は「村上のテクストに
おける悪夢がアンナの夢をシミュレートしたものであるこ
とが分かる。『アンナ』の場合、悲劇の予兆だが、「眠り」
では世界の変換（覚醒）と位置づけられており、二作の悪
夢の方向性は異なっている」と重要な指摘を行っている[11]。
森正人氏は水差しの水をかけられるという夢に「かげろふ
日記」（中、天禄元年七月）との類似性を述べている（瑞
兆）[12]。　あわせて、「蜂蜜パイ」（2000）の沙羅の見る
夢に出る「地震男」との関連も加えたい。つまり、悪夢は、
現象的には「かげろふ日記」を用い、不吉さは『アンナ』「蜂
蜜パイ」の方向性を有しているが、結果として生命力溢れ

11　『国文學』（1998・2 臨時増刊）

12　「村上春樹初期作品の内界表象」（『2014 年度第 3 回村上春樹國際學
　　術研討會　國際會議手冊』（2014・6、淡江大學日本語文學系・村上
　　春樹研究室）

た意識の変換をもたらすものであった。これは、「クロニクル」の加納クレタが無痛状態であった時に綿谷昇に汚され、マイナスの力が逆に作用し、本来の自分を取り戻したパターンと類似している（「私の通過した変貌そのものはおそらく正しいものです」、「その一方でその変貌をもたらしたものは汚れているものです。間違っているものです。そのような矛盾なり分裂が長いあいだ私を苦しめることになりました」第二部14）。

　この悪夢は、「私の中で何かが死に、何かが溶け」、「私の存在に関わっている多くのものを根こそぎ理不尽に焼き払ってしまった」と語られる強烈な体験であった。悪夢によってもたらされたのは、夫の望む妻であろうとする意識の解体である。「不眠」が訪れる前まで「私」は夫への不信を、夫の顔が「捉えどころがな」く、特に気に入ってはいないと考えていた。「不眠」後、結婚生活で諦めたこと（読書・甘いおかしを食べること）に気づき、自らが枠の中に閉じ込められていたことを自覚する。こうして覚醒した「私」は結婚生活がただの「傾向」に過ぎないことに気づく（「私が無感動に機械的につづけている様々な家事作業。料理や買い物や洗濯や育児、それらはまさに傾向以外の何ものでもなかった」）。その後、私は義務として買い物・料理・掃除・育児・セックスをするが、「頭と肉体のコネクションを切ればいい」で、「現実というのは何とたやすいのだろう」、「ただの繰り返し」と考えるようになる。

２．２　妻の覚醒—自分自身の問題—

　妻の覚醒は、『アンナ』のメインテーマである。『アン
ナ』は、ヴロンスキーへの愛の自覚ともに、愛することがで
きない夫との結婚生活の無意味さや社交界の偽善に気づき、
次第に耐えられなくなるという設定である。「眠り」では、
夫への不信と現在の自分の生活が何も生み出していないこと
を「不眠」という出来事を通して気づかされる。双方とも妻
の覚醒であるが、「眠り」は「不眠」というメディウムを使っ
ていることで、比較対象が異なり、別の問題提起になって
いる。つまり、『アンナ』では、ヴロンスキー（恋人）とカ
レーニン（夫）とが比較され、そこでは「愛」の有無が問題
となっていた。「眠り」では「不眠」と夫（結婚生活）が対
照となっていることで、「不眠」がもたらすもの、つまり自
分自身の問題が浮かび上がってくるのである。

　「不眠」でもたらされた自分自身の問題は、作中の心理
学者の言葉で浮き彫りになる。「人というものは知らず知
らずのうちに自分の行動・思考の傾向を作り上げてしまう
ものだし、一度作り上げられたそのような傾向はよほどの
ことがないかぎり二度と消えない。つまり人はそのような
傾向の檻に閉じ込められて生きている」、「眠りがそのか
たよりを調整し、治癒する」、「そのようにして人はクー
ルダウンされる」。「私」はこの「傾向」を日々の家事を
する生活と捉え、主婦としての自分は本来の自分ではない
と反撥する。本来、「傾向」とは自分らしさ（アイデンティ

ティー）であるはずだが、彼女は家事労働ですり減らされる自分自身と捉えたことに問題があった。「私」は「不眠」で与えられた時間を娘時代に夢中になった読書などに費やし、現状維持のまま、現在の立場からの自分らしさ（アイデンティティー）を見つけようとはしなかった。

　作中の心理学者は、「眠り」は「人というシステムに宿命的にプログラムされた行為」、「誰もそこから外れることはできない」、「もしそこから外れたら、存在そのものが存在基盤を失ってしまうことになる」と著書で警告しているが、「私」は自らを「進化のサンプル」と捉え、無視する。これが後の悲劇と結びついてゆく。

２.３　「母」の否定のもたらす悲劇

　太田鈴子氏[13]は「私」が「妻として、母としては許されない朦朧とした」「娘時代」の時間を手に入れたかったと分析しているが、テクストにおいて最も重要な意味合いを持つのが、「母」の否定がもたらす悲劇という構造と思われる。

　アンナはカレーニンとヴロンスキーとの子供が一人ずついるが、それぞれに「母」の否定をしている。アンナは夫を捨てヴロンスキーの元へ行った際、カレーニンとの子セリョージャを夫の元に置きざりにする（そのことで後に後

13　「妻・母を演じる専業主婦―村上春樹『TV ピープル』の女性たち―」（『学苑』2004・3）

悔し、苦悩の一つとなる）。また、ヴロンスキーとの子（アンナ）に対して、どうしても愛情を持つことができず、ヴロンスキーとの子供をそれ以上作ろうとしない。アンナは「母」ではなく、「女」であることを第一に望んだ。『アンナ』ではリョービン・キチイ夫婦がヴロンスキー・アンナと対照的に描かれている。リョービン・キチイ夫妻は第一子の出産・子育てを戸惑いながらも誠実に対応し、幸福が訪れていることを考えると、『アンナ』の「母」の否定は、最後嫉妬に狂った錯乱状態の中、鉄道自殺をしてしまう悲劇と密接に結びついている。

「眠り」においても「母」の否定がある。「私」は息子の寝顔を見て、夫側の人間（血統的なかたくなさ、自己充足性）であることを認識し、「結局は他人なんだ」、「この子は大きくなったって、私の気持ちなんか絶対に理解しないだろうなと私は思った。夫が今私の気持ちをほとんど理解できていないように」、「将来、この息子のことを自分はそんなに真剣に愛せないようになるだろうという予感がした」と考える。

夫・息子が自らとは関わらない絶対的な他者だと認識した後、私は〈自立〉を脅かされる。「私」は自らの心を落ち着けようとし、深夜のドライブに出かけ、停車する。その後、「私」は二人の男に暴力的に車を揺すぶられ、「車を倒そうとしている」場面で終わる。「私」は「何かが間違っている」と思いながら絶望し、結末は生命の危機を予

想させる。前出の森氏は男たちを「私」自身の影とし、「自己破壊衝動」として捉えている。男を他者と捉えるか、自己の影と捉えるかという問題があるが、不眠に陥った「私」の自己が破滅する点は変わらない。私は「母」の否定が自己の破滅をもたらすという点に重きを置く。つまり、妻の〈自立〉には自己の確立が不可欠であり、それを獲得できないまま「母」の否定を行うと〈自立〉が脅かされるという構造となっている。

　これまで二作において、妻の〈自立〉の難しさが描かれていた。母が「母」であることを否定すると娘が「マトロフォビア」となり、自身が「母」の否定をすると自身の破滅となる。加藤典洋氏[14]は「女性の──ジェンダーとしての──社会に生きる「きつさ」、「生きがたさ」が、主人公ないし書き手の──個人としての──生存の条件の「きつさ」、「生きがたさ」を表現するよすがとして、使われている。つまり、村上の場合、ジェンダー問題への関心からというより、人間存在のきつさ、という観点から、きわめて個人的な孤立の諸相が、ジェンダー性の孤立の外貌をいくぶん虚構的な枠組みとして──隠れ蓑として──身にまとって採用されている」と「虚構的な枠組み」として論じている。しかし、妻の〈自立〉に「母」が障害となっていることを考えると、二作には、産み・育てる性としての女の「生きがたさ」、男性中心社会

---

14 『村上春樹の短編を英語で読む 1979－2011』（講談社、2011）

における妻の〈自立〉の困難さというジェンダー問題がリア
ルに描かれていると言える。

　しかし、これら短編群を通して描かれてきた「生きがた
い」存在としての女性は、「クロニクル」で「人間存在の
きつさ」を自ら乗り越え、一つの〈自立〉をしているよう
に思われる。

３．「ねじまき鳥クロニクル」─〈兄を葬る者〉と
　　　しての久美子の覚醒─

　先行研究で多く語られてきたように、「クロニクル」の
世界は複層性が特徴である[15]。主人公・岡田亨、妻・久美子
の世界と絶対悪としての綿谷昇が中心であるが、それを凌
駕するような迫力を持った間宮中尉・ボリスの世界、主人
公と関わらない手紙を書いた笠原メイ、第一部・第二部を
牽引する加納マルタ・加納クレタ、第三部を牽引するシナ
モン・ナツメグ、これらが複雑に絡み合いながら物語は構
成されている。

　視点人物は主人公・岡田亨が多く、妻・久美子の言動は
夫の目を通した像であることは否めない。しかし、あえて
久美子に焦点化するのは、絶対悪である綿谷昇を現実世界

15　「クロニクル」の複層性の問題については、『村上春樹作品研究事典
　　増補版』（鼎書房、2007）、『村上春樹と一九九〇年代』（おうふう、
　　2012）などで的確にまとめられている。

で殺したのは、亨ではなく久美子であったからである。彼
女は見失いかけた自分を取り戻し、〈兄を葬る者〉として
覚醒した。〈兄を葬る者〉としての久美子像は、管見の限
り見当たらない視点と思われる。久美子の覚醒は、「眠り」
における「母」の否定がもたらす悲劇と、「レーダーホー
ゼン」のテーマ「マトロフォビア」が密接に関わり、〈自立〉
の困難さとともに、艱難を乗り越えた達成への過程が見事
に描かれている。

３．１　久美子の抱える問題
―解離性同一性障害と綿谷家の「闇」―

　久美子は二つの大きな問題を抱えていた。一つは208号
室の女を生み出した解離性同一性障害の問題であり、今一
つは綿谷家の「闇」である。特に綿谷家の問題は、久美子
の妊娠と堕胎に深く関わり、テクストを大きく牽引する。

　綿谷家の嫁姑問題に関わり、3歳から6歳の間祖母の家
で育てられていた久美子は、小学校に上がる年に実家に戻
される。この時久美子を溺愛していた祖母は、ある時は抱
きしめているが、その次の瞬間には叩いたりする極度の精
神不安となった。久美子は心を外界から一時的に閉ざし、
何かを考えたり、何かを望んだりすることを一切やめるこ
とで難を逃れる。数ヶ月間久美子はこの状況に耐え、その
時の記憶が失われている。この時の体験が、彼女の闇であ
る208号室の女を生み出す基盤となったことは疑いがない。

辛い状況から逃れるために別人格を作り上げ自己を守る症
状は、解離性同一性障害と呼ばれる。解離性同一性障害は、
「2つ以上の異なる同一性や人格それぞれが周期的に個人
の行動を制御していると認められることによって特徴づけ
られ」、「一般的に（特に子ども時代の）身体的、性的虐
待と関係があると考えられている」[16]。久美子の症状は、子
ども時代の精神的虐待、記憶を失うといった点から、解離
性同一性障害の症状と合致する。

　実家に引き取られたが、既に父母と距離を感じていた久
美子は家になじめないでいた。綿谷家の精神的要であった
姉だけが支えだったが、久美子が引き取られて一年後に姉
は死ぬ。その時から久美子は、愛されない私が生き延び、
愛される姉が死んだという罪悪感を感じ続けてきた。この
思いを裏付けるかのように、家族は久美子を無視して優秀
だった姉の話ばかりをし、久美子は誰からも愛される資格
のない人間と自身を追い込んでいった。久美子に生まれた
闇（解離性同一性障害）は綿谷家の生活の中で更に深まり、
その後も分裂した人格が何人も生まれる。電話の女や208
号室の女（複数の声）は声が久美子と全く異なっており、
夫である亨が久美子だと認識できない。それは解離性同一
性障害の重要な特徴である。

　久美子には別人格があるということ。それが第一部・第

16　『APA 心理学大辞典』（培風館、2013）

二部のメインテーマである夫婦の齟齬（「自分はこの女についていったい何を知っているのだろう」第1部2）と関わっている。亨は井戸の中で久美子との生活を思い出した際、久美子が時々沈黙に陥り、全く別の世界にいると感じていたこと、初めての性交の際「自分が抱いているこの体は、さっきまで隣に並んで親しく話していた女の体とはべつものなんじゃないか、自分の気づかないうちにどこかでべつの誰かの肉体と入れ代わってしまったんじゃないかという不思議な思い」（第2部6）に捉われたことを述懐している。

　また、最初のデートの際「クラゲ」を見た久美子は「私たちがこうして目にしている光景というのは、世界のほんの一部にすぎないんだってね。私たちは習慣的にこれが世界だと思っているわけだけれど、本当はそうじゃないの。本当の世界はもっと暗くて、深いところにあるし、その大半がクラゲみたいなもので占められているのよ。私たちはそれを忘れてしまっているだけなのよ」（第2部6）と語る。クラゲを通して語られているのは久美子本人のことであり、亨の目に映る久美子は「久美子」の一部でしかなかった。

　今一つの問題、綿谷家の「闇」は、久美子の「母」の否定と密接に関わる。結婚して三年目に久美子は妊娠するが、「綿谷家の血筋にはある種の傾向が遺伝的にあった」ため、恐怖に駆られ堕胎する。「妊娠した時にパニックにおちいっ

70

たのは、それが自分の子供の中に現れてくることが不安
だったからだ。でも君は僕に秘密を打ち明けることはでき
なかった。話はそこから始まるんだ」（第3部36）。「レー
ダーホーゼン」の娘は「母のような母」になりたくない
「マトロフォビア」の典型であったが、久美子は「傾向を
持つ子の母」になることを恐れている。

　久美子に「母」の否定をさせた綿谷家の「傾向」が「ク
ロニクル」の本質である。亨は、姉の死が自殺であり、死
の直前に姉が久美子に「警告」を与えたと推測した。続け
て、昇の力を「感応しやすい人間を見つけだし、そこにあ
る何かを外に引きずり出す」（第3部36）と分析する。昇
が加納クレタに対して暴力的にその力を使ったこと、加納
クレタは回復することができたが、姉にはできなかったこ
と、それが姉の自殺の原因であったと208号室の女に語り
かける。

　大学卒業後、亨と殆ど駆け落ち同然で結婚するが、自ら
の「血」・兄に対する恐怖を夫に伝えることができなかっ
た。出奔後も、「私はそれを打ち明けて話してしまうべき
だったのかもしれない。そうすればこういうこともあるい
は起こらなかったかもしれません。でもこうなった今でも、
私にはまだそれをあなたに向かって話すことはできそうに
ありません。一度口にしてしまうと、いろんなことがもっ
と決定的に駄目になってしまうような気がするからです。
だから私はそれを自分ひとりの中に呑み込んだまま、消え

てしまった方が良いのではないかと思ったのです」（第2部 11）と手紙に記している。「もっと決定的に駄目になるかもしれない」といった表現に顕著なように、久美子は綿谷家の「血」の恐怖を亨に伝えたいが、兄の力への恐怖が勝り、亨に語れない葛藤に苦しみながら闇に閉じ込められていた。

久美子にとっては姉が自分の「母」のような存在であり、姉からの警告を受け、姉と同じ破滅を恐れた。これも母のような姉（の運命と同じ）になりたくないという「マトロフォビア」と言える。

３．２　綿谷昇の力(1)―久美子の解体―

久美子の不安の核である昇の力は、ノモンハンにおける凄惨な拷問場面を筆頭に暴力の象徴となっている。昇はヒットラーを想起させる「大衆の感情を直接的にアジテートする」（第1部 6）能力を持ち、「ある段階で何かのきっかけでその暴力的な能力を飛躍的に強めた。テレビやいろんなメディアを通して、その拡大された力を広く社会に向けることができるようになった。そして彼は今その力を使って、不特定多数の人々が暗闇の中に無意識に隠しているものを、外に引き出そうとしている」（第3部 36）と語られている。

綿谷昇の力は、「性」と密接な関わりを持つ。加納クレタは久美子と体型が同じ設定であり、夢で久美子のワンピー

スを着て亨と交わり、208 号室の女と変わることからも、
久美子のメディウムと言える。昇は直接的ではないが「性」
を媒介にして、クレタの中にあった「暗闇の中に無意識に
隠しているもの」を、外に引き出す。クレタはこの体験で
自身を破壊され、無痛状態からの回復をもたらすが、自ら
を真っ二つに解体されるという体験は，非常に危険なもの
だった。

　同様の作用が久美子においても働く。堕胎したとはいえ、
一度妊娠した久美子の体には変化が訪れ、昇の力が反映さ
れるようになっていた。久美子は異常な性欲の虜になって、
自分自身を押さえきれなくなる。

　　私の肉体は熱い泥の中を転げ回っていました。私の意
　識はその快感を吸い上げて、はちきれそうに膨らみ、そ
　してはちきれました。それは本当に奇跡のようなもので
　した。それは生まれてこのかた、私の身に起こったいち
　ばん素晴らしいことのひとつでした。（第 2 部 11）

「奇跡のような」性的快感により、意識が膨らんではち
きれる。これはそれまでの久美子が解体されたことを意味
するだろう。この体験後、亨と一緒に久美子が築き上げて
きたものは崩壊する。「もしそんな性欲さえなければ、私
は今でもあなたと幸せに楽しく暮らしていたはずです。そ
して私とその人とは今でも気楽な話友達であったはずだと

思うのです。でもそのような理不尽な性欲は、私たちがそれまでに築きあげてきたものを土台から崩し去り、台無しにしてしまいました。そしてそれは私から何もかもをあっさりと取り上げてしまったのです。あなたも、あなたと作り上げた家庭も、そして仕事もです」（第2部11）。昇の力は、亨と暮らした久美子の世界を全て破壊し、自信を失わせ（「自分という人間が何の価値も意味も持たない空っぽの人間であるように感じられました」第2部11）、解離性同一性障害で生まれた人格が支配する世界（208号室）へ押し込んでいった。

　村上は性（セックス）について「セックスは鍵です。夢と性はあなた自身のうちへと入り、未知の部分をさぐるための重要な役割を果たします」と語っている[17]。村上文学の女性は男性と簡単に肉体関係を持つような印象を持たれるが、それは作者が「性」を交流するための重要な鍵と考えているからであろう。久美子の闇は「性」を媒介にして明らかになり、その闇の深さは歴史とそれに付随する暴力を浮き彫りにする。

３．３　綿谷昇の力⑵─歴史と関わる暴力─

　「彼の引きずりだすものは、暴力と血にまみれている。そしてそれは歴史の奥にあるいちばん深い暗闇までまっす

17　『夢を見るために毎朝僕は目覚めるのです』（文藝春秋、2010）

ぐ結びついている。それは多くの人々を結果的に損ない、
失わせるものだ」（第3部36）と描かれる昇の力は、先行
研究で多く議論されてきた[18]。この昇の力が歴史的な暴力
と関わる点を是とするか非とするかで「クロニクル」の評
価の差が生まれている。私の立場は、亨対昇の関係が間宮
中尉対ボリスという形で換喩的に描かれていると考えてい
る。つまり、亨のメディウムが間宮中尉であり（もちろん
あざがあることで、ナツメグの父も亨のメディウムと言え
る）、昇のメディウムがボリスである。性格造形も二者が
対応するように描かれている。間宮中尉は「自分の力でも
のごとを判断し、自分ひとりで責任を取ることに慣れた人
物」と設定されているが、これは亨と同質で、昇の性格と
相反する。昇は相手を叩きのめすために戦う「知的なカメ
レオン」であり、そこには「一貫性」「世界観」というも
のはない。

　本田さんの導きで、亨は間宮中尉の壮絶な体験を聞く。
間宮中尉の長い話を聞くことは、間宮中尉というメディウ
ムを通して、歴史とその暴力の行使される世界を追体験す
るということでもある。衝撃的な場面である山本の皮剥ぎ
やシベリアでのボリスの絶対悪は、綿谷昇が権力を持った
場合がどのような形になるかを想起させる。はじめに互い

───────────
18　柴田勝二「偏在する「底」─『ねじまき鳥クロニクル』『アフターダ
　ーク』における暴力─」（『敍説Ⅲ』2008・12）

のメディウムである間宮中尉対ボリスの戦いが繰り広げられ、それを受け、亨対昇の戦いが行われるという二つの段階があると思われる。

　間宮中尉の長い話は二つあるが（山本の拷問の話、シベリア捕虜生活の話）、亨にそれぞれ違ったメッセージを伝えている。第一の話は、久美子の意識の解体との類似性がある。間宮中尉は、山本が生きながら皮を剥がされる拷問を目の当たりにした後、誰も救助に来ない深い井戸に丸裸で落とされ、足を負傷し、暗闇中で絶望的な状況に陥る。その中、一瞬だけ井戸の中が光で満ちる瞬間が訪れ、光を浴びた中尉は次のように感じる。

　　私はその光の中でぼろぼろと涙を流しました。体じゅうの体液が涙となって、私の目からこぼれ落ちてしまいそうに思えました。私のからだそのものが溶けて液体になってそのままここに流れてしまいそうにさえ思えました。この見事な光の至福の中でなら死んでもいいと思いました。いや、死にたいとさえ私は思いました。そこにあるのは、今何かがここで見事にひとつになったという感覚でした。圧倒的なまでの一体感です。そうだ、人生の真の意義とはこの何十秒かだけ続く光の中に存在するのだ、ここで自分はこのまま死んでしまうべきなのだと私は思いました。（第一部13）

　これは久美子が性的快感によって自己が解体された時と同質の体験といえる。久美子が「奇跡のようなもの」と捉えたように、間宮中尉は光を「恩寵」と捉え、自己が解体される。中尉は「恩寵」の中で死ねなかった自分を「抜け殻」とし、「脱け殻の心と脱け殻の肉体が生みだすものは、脱け殻の人生に過ぎません」と亨に語る。ここで中尉は意識の解体をされることの恐ろしさ、その後回復しない人生の虚しさを亨に伝えている。そして、「人生の真の意義」を捉えられる機会を逃してはならないと真摯な言葉で伝えている。

　第二の話は、シベリア捕虜生活において影の支配者となっていたボリスとの物語である。中尉は収容所の絶対者となっていた彼の手下になるという屈辱に耐えながら、ボリスを殺す機会を窺っていた。しかし、丸腰のボリスを拳銃で撃つというチャンスを得ながら弾を外してしまい、ボリスを殺すことはできず、呪いを受ける（「君はどこにいても幸福になれない。君はこの先人を愛することもなく、人に愛されることもない。それが私の呪いだ」第3部34）。間宮中尉は「私は完膚なきまでに負けたものであり、失われたものです。いかなる資格をも持たぬものです。予言と呪いの力によって、誰をも愛することなく、また誰からも愛されることのないものです。私は歩く脱け殻としてこれから先、ただ闇の中に消えていくだけです」と自身を語っている。間宮中尉は、絶対悪と対峙し、負けた場合のパターンを示しており、亨のマイナス面を引き受けてくれる人

間である。この人物造形は、後に「海辺のカフカ」（2002）のナカタさんという形で発展してゆくこととなる。

　間宮中尉の体験と同じく亨は自ら井戸に潜り、壁抜けを行う。亨が間宮中尉と異なるのは、愛する者のため暴力を行使し、成功した点にある。亨は運命の岐路となった場にいた悪しきメッセンジャー・ギター弾きの男をバットで殴り倒す。更に、亨は昇のメディウムと対峙した時、間宮中尉が手紙で語った「想像してはいけない」、「想像することがここでは命取りになるのだ」（第3部37）を思い出し、一瞬の機会を逃さずメディウムを撲殺する。亨は間宮中尉の体験をいわば踏み台にすることで、中尉のアドバイスを受けつつ、彼ができなかった行動を選び、闇の中で閉じ込められている久美子にコミットするのである。

３．４　久美子の〈自立〉
―〈兄を葬る者〉というアイデンティティーの確立―

　歴史の闇や暴力は、久美子の「母」の否定から始まっている。昇は自らの力をより強固なものとするために久美子を必要としていた（「かつてお姉さんが果たしていた役割の継承を、綿谷ノボルは君に求めていた」第3部36）。久美子は兄と同じ力を持つ子が生まれることを恐れていた。それは自らが綿谷家という「家」と「兄」に縛られていることでもあった。軟禁状態の久美子は「兄はもっと強い鎖と見張りで私をそこに繋いでいたのです」、「私自身が私の足を繋ぐ鎖で

あり、眠り込むことのない厳しい見張りでした」と自分自身
の意識が自らの呪縛であったと語っている。

　久美子は堕胎という「母」の否定により、大事にしてい
た亨との生活の破綻を迎えている。ここには「母」の否定
がもたらす悲劇という構図が繰り返されている。久美子は
無念さを次のように語る。「私とあなたとのあいだには、
そもそもの最初から何かとても親密で微妙なものがありま
した。でもそれももう今は失われてしまいました。その神
話のような機械のかみ合わせは既に損なわれてしまったの
です。私がそれを損なってしまったのです。正確に言えば、
私にそれを損なわせる何かがそこにあったのです」、「こ
のような結果をもたらしたものの存在を、私は強く憎みま
す。どれほど私がそのようなものを強く憎んでいるか、あ
なたにはわからないでしょう」（第 2 部 11）。

　しかし、「クロニクル」は「母」の否定の悲劇のみでは
終わらない。久美子は自らの意識が呪縛であることを自覚
しているが、それを打破する意志をも見せている。「私は
それ（注　夫婦の関係を破綻させたもの）が正確に何であ
るのかを知りたいと思います。私はそれをどうしても知ら
なくてはならないと思うのです。そしてその根のようなも
のを探って、それを処断し、罰しなくてはならないと思う
のです」（第 2 部 11）。戸惑いながらも久美子は〈自立〉
の意思を見せている。この意思がこれまでの短編群とは異
なっている。

　亨は様々な困難を伴いながら井戸の壁を抜け、208 号室にいる謎の女に「君は久美子だ」、「君を連れて帰る」と宣言する。その後、亨は久美子を奪われまいと近づいてきた昇のメディウムをバットで絶命させる。しかし、亨の攻撃は現実世界の昇の命までは奪えず、昇は植物状態になっていた。久美子は兄の生命維持装置を外し、絶命させることを決意する。

　　私はこれから病院に出かけなくてはなりません。私はそこで兄を殺し、そして罰せられなくてはなりません。不思議なことですが、私はもう兄のことを憎んではいません。今の私はただあの人の命を、この世界から消し去らなくてはならないと静かに感じているだけです。あの人自身のためにもそうしなくてはならないと思うのです。それは私が、私の命を意味あるものにするためにも、どうしてもやらなくてはならないことなのです。（第 3 部 40）

　久美子の境地が冷静な言葉で語られている。この段階で、兄への憎しみを超え、邪悪な力を発現させる兄の命を奪うことが自身の使命であると感じている。そして、この使命こそが「私の命を意味あるものにするために」必要なことであると考えている。つまり、綿谷家は邪悪な力を有するが、それを消滅させるのも綿谷家の人間なのである。自ら

の「血」の邪悪さに怯え、自分自身の意識で自身を呪縛し
ていた久美子は、ここで自己の「血」を〈邪悪な力を葬る
者〉というアイデンティティーとして確立させたといえる。
更に、久美子は兄の命を奪うだけではなく、それを償う意
思、警察に出頭し、刑に服すことを考えている。邪悪な力
を自ら葬り、人を殺したという罰を引き受ける倫理を持つ
人間として、久美子は〈自立〉した。

　この〈自立〉を成立させたのは、亨の愛であった。「も
しあなたがいなかったら、私はおそらくずっと前に正気を
失っていたでしょう。私は自分を完全にべつの誰かに明け
渡し、もう二度と回復することのかなわない場所まで落ち
ていたことでしょう」（第3部40）。久美子は昇サイドの
世界に何度も引きずり込まれそうになり、自らの人格を別
の人格に明け渡すというアイデンティティークライシスの
状態にあった。それを踏み止めさせたのが亨の行動であっ
た。久美子は亨が自分を探す夢を何度も見ていた。「あな
たは全力を尽くして私のそばまで近づいて来てくれている
のだと私は感じました。いつかあなたはそこで私をみつけ
だしてくれるかもしれない」、「私は出口のない冷ややか
な暗闇の中で、かすかな希望の炎をなんとかともし続ける
ことができたのです。私は私自身の声をわずかにでも保ち
続けることができたのです」（第3部40）。「クロニクル」
の謎に満ちた長大な物語は、異世界に行った妻を夫が艱難
を乗り越えて連れ戻そうとする古代から語られてきた物語

（イザナギ・イザナミ、オルフェウス・エウリディケ等）を、現代の物語として成立させるために必要なものであった。決して非凡ではない主人公（亨）が、最悪な状況下においても妻を探すことを諦めない姿を描くことで、異世界に行った妻は夫の愛が本物であることを信じ、自ら〈自立〉し、自分自身を救ったのである。「レーダーホーゼン」、「眠り」において描かれなかった、夫からの愛が、妻の〈自立〉の成立と関わっている。

３．５　そして「母」になる―「コルシカ」の持つ意味―

　そして、久美子が「母」になる可能性を残して物語が終わっていることは看過できない。亨は208号室から生還した後の夢で、クレタから「この子供の名前はコルシカで、その半分の父親は僕で、あと半分は間宮中尉」、「自分は実はクレタ島にはいかずに日本にいて、子供を産んで育てていた」、「自分はしばらく前にやっと新しい名前を見つけることができたし、今は広島の山の中で間宮中尉と一緒に野菜を作りながら平和にひっそりと暮らしている」（第3部39）と告げられる。全ての決着が付いた後、亨は笠原メイに「もし僕とクミコとのあいだに子供が生まれたら、コルシカという名前にしようと思っているんだ」（第3部41）と語る。これは、綿谷家の血を引いた久美子が、自らの出自の恐怖を超え、自身を〈兄を葬る者〉として確立させ、その後新しい命を育む可能性を表している。もちろん、

昇が象徴していた暴力が発現する可能性はゼロではない
が、もしそれが現れた時は、亨と久美子の力でそれを止め
ることができるという自信の表れであろう。

　亨・久美子だけではなく、「コルシカ」という存在は間
宮中尉・クレタ双方に取っての僥倖でもある。先に述べた
ように、間宮中尉は「予言と呪いの力によって、誰をも愛
することなく、また誰からも愛されることのないものです。
私は歩く脱け殻としてこれから先、ただ闇の中に消えてい
くだけです」と自身の生を語っていた。「コルシカ」の誕
生は、間宮中尉が愛する者（クレタ・コルシカ）を見つけ、
「歩く脱け殻」ではなくなった救済を表すものである。こ
の救済は、ボリスに繋がる綿谷昇の消滅と関わっているこ
とは疑いがない。間宮中尉だけではなく、数奇な運命を辿
り「意識の娼婦」という役目であったクレタも自分の居場
所（名前）を見つけることができた。亨・久美子それぞれ
のメディウムたちは、媒介であることを止め、自分たちの
人生を歩み始めたと言える。

　「クロニクル」は、自らの出自からの恐怖で「母」の拒
否をした結果、邪悪な力に流された久美子が、夫の愛を信
じ、自ら自己の〈自立〉を果たし、「母」となる用意がで
きた物語と言える。「クロニクル」は、妻が自身の「マト
ロフォビア」を超え〈自立〉したという意味においても、
画期的なテクストであると考えられる。

おわりに

　「クロニクル」の後に発表された長編は、夫婦の問題から始まる物語系ではなくなっている。「海辺のカフカ」は父母と息子の物語、「スプートニクの恋人」（1999）、「アフターダーク」（2004）、「1Q84」（2009〜2010）、「色彩を持たない多崎つくると彼の巡礼の年」（2013）は未婚の男女の物語である。長編だけではなく『神の子どもたちはみな踊る』（2000）、『東京奇譚集』（2005）、『女のいない男たち』（2014）といった短編群も、夫婦の設定があっても相手が去り（死・離婚）、それ以上の展開はない。「クロニクル」は、「マトロフォビア」を超えた妻の〈自立〉物語の集大成と言え、その完成度の高さから夫婦の問題は「クロニクル」で描ききったと作者が判断したと思われる。しかし、「母」という問題領域は未だ残っている。「レーダーホーゼン」は母に捨てられた娘の物語であったが、「海辺のカフカ」は母に捨てられた息子の物語である。そして「1Q84」は処女受胎といった新たな「母」が描かれている。「母」という問題領域は、ゼロ年代以降の村上文学において重要なテーマとして探求されてゆく。

　＊本論文は、2014 年度第 3 回村上春樹國際學術研討會（2014・6/20　於淡江大学）における口頭発表に大幅な加筆を行ったものである。席上貴重なご意見を多く

妻の〈自立〉：「母」との相克―「レーダーホーゼン」、「眠り」、「ね
　　じまき鳥クロニクル」における「メディウム」を起点として―

賜った。記して深く感謝したい。

テキスト

村上春樹（1985）『回転木馬のデッド・ヒート』講談社
村上春樹（1990）『ＴＶピープル』文藝春秋
村上春樹（1994）『ねじまき鳥クロニクル（第一部）』新
　　潮社
村上春樹（1994）『ねじまき鳥クロニクル（第二部）』新
　　潮社
村上春樹（1995）『ねじまき鳥クロニクル（第三部）』新
　　潮社

参考文献

加藤典洋編（1996）『イエローページ村上春樹』荒地出版社
栗坪良樹・柘植光彦編（1999）『村上春樹スタディーズ
　　04』若草書房
橋本牧子（2003）「村上春樹『ねじまき鳥クロニクル』論：
　　〈歴史〉のナラトロジー」（『広島大学大学院教育学
　　研究科紀要』51）
松枝誠（2004）「『ねじまき鳥クロニクル』における「忘
　　却の穴」をめぐって」（『立命館文學』584）
村上春樹研究会編（2007）『村上春樹作品研究事典（増補

　　版）』鼎書房

柘植光彦編（2008）『国文学 解釈と鑑賞 別冊 村上春樹
　　テーマ・装置・キャラクター』至文堂

米村みゆき編（2014）『村上春樹　表象の圏域』森話社

〈他者〉〈分身〉〈メディウム〉
—村上春樹、80年代から90年代へ—

内田　康

1. 登場人物たちの類型性から見る
　　村上春樹文学の構造的特質について

　村上春樹が『風の歌を聴け』（1979年）でデビューして以来、すでに35年の月日が流れた。この間、彼の読者は日本国内のみならず海外にまで広がりを見せ、今後もまだ当分、作家も作品も、世の注目の対象であり続けることは間違いなさそうだ。

　村上作品の一体どこが、かくも多くの読者を惹きつけるのか。例えば文芸評論家の清水良典は、村上の小説が「一種の中毒性を持っている」と述べ、そこには「変化と多様性」がありながらも、その一方で「主題に一貫性があって、人物にも類型や共通点がある」ことを指摘している[1]。清水の言う村上の一貫した主題とは、「人間の心には得体の知れない暗闇の部分が隠されているというヴィジョン」（清

1　清水良典（2006）『村上春樹はくせになる』朝日新書 P.207-211。

水 2006：P.208）であり、また人物については、「「鼠」や「羊男」のようなおなじみの人物が、いくつかの作品に顔を出す。名前は違っていても、この人は誰それのバリエーションなのではないかという想像が働くのが楽しい」（同上）と、その魅力が説明される。

しかしながら、このような村上作品の登場人物たち、および彼らの行動によって展開する物語に見られる類型性は、例えば大塚英志『物語で読む村上春樹と宮崎駿』が、柄谷行人の「構造しかない」との指摘や蓮實重彦『小説から遠く離れて』（日本文芸社、1989 年）などを引き合いに出しながら批判するように[2]、否定的に論われることがあるのも事実である。だが、稿者がこれまで『1Q84』や『羊をめぐる冒険』についての分析で指摘したように[3]、村上春樹は、神話や物語の構造を引用しつつも、時にそれらを批評的に扱い、人と物語との関係のありようを読者に考えさせてくれる。そしてその作品群は、物語の枠組を反復するかに見えながらも、少しずつズレを生じつつ、また別の物語

---

2 大塚英志（2009）『物語論で読む村上春樹と宮崎駿―構造しかない日本』角川 one テーマ 21。

3 拙稿（2012）「村上春樹『1Q84』論―神話と歴史を紡ぐ者たち―」『淡江日本論叢』26、および同（2013）「回避される「通過儀礼」―村上春樹『羊をめぐる冒険』論―」『台灣日本語文學報』34 を参照。また、村上文学における〈物語〉の意義を積極的に評価する研究としては、他に山根由美恵（2007）『村上春樹〈物語〉の認識システム』若草書房および浅利文子（2013）『村上春樹 物語の力』翰林書房の二冊を挙げておきたい。

を紡いでゆくのである。そうした叙述のあり方に貢献する
類型的キャラクターたちを、清水良典の言葉を借りて「村
上春樹組」（清水 2006：P.208）、或いは、石倉美智子の蠹
に倣って「村上春樹サーカス団[4]」と称することができると
すれば、彼らは、まさにそこの〈団員〉ということになる
だろうが、この〈団員〉の共通性と差異への注目は、彼ら
によって支えられているところの物語の枠組の、組み換え
プロセスを解明することにも繋がるものと思われる。そこ
で本稿では、如上の問題意識に基いて、村上作品の人物の
類型性を分析しつつ、寧ろ清水の言う「変化と多様性」を
重視し、特に『ノルウェイの森』（1987 年）の大ヒット以
降の作家が表現を試みた世界とは何だったのか、90 年代中
頃までを目安に究明していくことにしたい。

2．村上作品におけるキャラクター類型とその分類
─「資格」と「役割」─

確かに村上の諸作品には、しばしば固定的な役割を演じ
るキャラクターが繰り返し登場してくる。例えば男性であ
れば、初期の所謂〈四部作〉（『風の歌を聴け』〜『ダン
ス・ダンス・ダンス』）の世界に登場する友人「鼠」や、『世
界の終りとハードボイルド・ワンダーランド』の偶数章「世

4　石倉美智子（1998）『村上春樹サーカス団の行方』専修大学出版局。
　　特に P.58 を参照。

界の終り」のパートに出てくる「影」のように、語り手「僕」の〈分身〉的な存在が重要な働きを担う。また女性であれば、村上自身、「昔、僕の小説に出てくる女の人は、失われていくものか、あるいは巫女的な導くものか、どちらかというケースが多かった。『1Q84』でも、ふかえりや安達クミは「導くもの」的な役目が強く、年上のガールフレンドは消えていくものですね。その描き方は、前よりも少し重層的になっているとは思うけれど、そういうキャラクターはいまでもある程度出てきて、小説的にいえば同じように機能しています[5]」（下線引用者、以下同）と、自覚的であることを示しているとおりである。但し村上が、この女性たちの類型について、一旦「失われていくもの」と述べてから、それを「消えていくもの」と言い換えている点に敢えて拘ってみれば、民俗学を背景としてこの手の分析に誰よりも長けた論客である大塚英志が、「そもそも村上作品においては、まず、「失われた女の子」は二つに大別できる」として、更に「第一群が「死者」となってしまった女の子で、これは『ノルウェイの森』の直子が代表するように自死したガールフレンドとしてしばしば反復されるもの」、「第二の「失われた女の子」の類型が「妻」に代表される失踪する女性たちである。これは【中略】「僕」の

---

5 「村上春樹ロングインタビュー」（『考える人』新潮社、2010 年 7 月）P.43。

母親離れであり、ある種のファミリーロマンス、孤児物語の発動である」（大塚2006：P.81-82）と指摘する通り、村上の所謂「失われていくもの」は二分して考える方がより正確なようだ。

　さて、このような村上作品における女性類型をめぐる議論において、村上自身が述べる「失われていくものか、あるいは巫女的な導くものか、どちらか」という分類、更に大塚が提示する「失われた女の子」の「死者」か「失踪」かという二分割は、極めて示唆的であるが、私見によれば、これには以下のような問題があると考えられる。例えば、『羊をめぐる冒険』（1982年）に登場する「耳のモデル」は明らかに「巫女的な導くもの」でありながら、作品の途中で「失われて」しまう。また、彼女は大塚の分類に従うなら「失踪する女性」になるわけだが、〈四部作〉の最後である『ダンス・ダンス・ダンス』（1988年）に至ると、「死者」として語り手「僕」の前に姿を現すことになる。つまり、登場人物の類型を単一のキャラクターに固定した場合、作品中での、もしくは作品を跨いだ類型の変化に対応できなくなってしまうのである。

　そこで稿者は、以前村上の初期作品分析に際し、①〈伴走者〉、②〈表層的喪失〉、③〈深層的喪失〉という三分類を提案した。次の【図1】は、その時の拙稿によるが、そこでの定義を再確認すれば、〈伴走者〉とは「僕」の喪失の回復過程に同行する者、〈表層的喪失〉とは失踪した

のみで回復の可能性を含む喪失の対象、そして〈深層的喪失〉とは、死によってもはや回復不可能となった喪失の対象、ということになる[6]。

【図1】

	『風の歌を聴け』	『1973年のピンボール』	
①〈伴走者〉	小指のない女の子	双子の女の子	事務所の女の子
②〈表層的喪失〉	ビーチ・ボーイズの女の子	ピンボール	「髪の長い少女」
③〈深層的喪失〉	三番目に寝た女の子（＝「直子」α）		

そしてこの度〈四部作〉系列でこれらに続く二作について同様に整理したのが、次の【図2】である。本稿では新たに、〈分身〉とも関わる男性をも組み入れてみた[7]。

【図2】

		『羊をめぐる冒険』		『ダンス・ダンス・ダンス』		
①	妻	「誰	「耳のモデル」	「羊男」	ユキ	ユミヨシさん	五反田君
②		とでも	「鼠」	（＝「キキ」）		妻／電話局の彼女
③		寝る女の子」				メイ／ディック・ノース

こうすることで、作品の展開に伴って各キャラクターの担う機能が如何に変化していくかが一目瞭然となろう。就

6　拙稿（2011）「村上春樹初期作品における〈喪失〉の構造化―「直子」から、「直子」へ―」『淡江日本論叢』23．図はP.94から引用。なお、『ノルウェイの森』の「直子」は、仮に「直子」βと称する。

7　「羊男」については最終的消息は不明ながら、その死が推測されていることから③にも組み込んだ。

中、〈分身〉としての「鼠」や「巫女的な導くもの」としての「耳のモデル（＝「キキ」）」などは、当初、語り手「僕」に寄り添う〈伴走者〉として登場しながら、やがて作品を跨いで、探索の対象としての〈表層的喪失〉、更には「死者」としての〈深層的喪失〉へと移行していき、それに伴って物語が推し進められていく様相が、容易に見て取れる[8]。もちろん、こうした物語の展開の仕方の差異は、作品が回想的な語りを採っているか否かということとも無関係ではあるまいが、ともあれ〈四部作〉の前二作の人物たちが、後二作と異なり、ある程度固定的な機能を有していた姿とは対照的だと言えよう。そして本研究では、これら〈伴走者〉〈表層的喪失〉〈深層的喪失〉等の、物語の主人公に対する、ある人物の機能的立場を表わす諸概念を、以後「資格」と仮称することにしたい。この「資格」には他に、本稿で後述する〈敵対者〉も含まれる[9]。「資格」はあくまでも作品内における人物の「立場」であるため、途中で元来とは異なる他の「資格」に移ることもありうるし、作品中の全ての登場人物が、そのどれかに必ず振り分けら

8　彼らの移行に先行するのが、『羊をめぐる冒険』冒頭にのみ登場する「誰とでも寝る女の子」である。

9　この概念規定に関して、「機能」や「敵対者」、或いは「深層」「表層」等の用語から、Ｖ・プロップやＡ・Ｊ・グレマスによる魔法昔話の分析を想起する向きもあるかもしれない。物語の構造を機能的に分析するに当たり、稿者がこれらの研究に示唆を受けたのは確かだが、その内実は異なるものである。

れるといったものでもない。とはいえ、本研究が明らかに
するように、これらの「資格」は村上春樹の、特に長篇を
中心とした数多くの小説に存在が認められるものであり、
それは先に見た清水良典の言う、村上作品の〈主題の一貫
性と人物の共通性〉と、具体的内容は異なるものの、類似
した見解と言ってよい[10]。因みに、ここで一つ結論めいたこ
とを述べるならば、こうした諸概念の抽出から導き出され
る、さしあたり『風の歌を聴け』（1979年）から『色彩を
持たない多崎つくると、彼の巡礼の年』（2013年）に至る
までの、13の長篇を中心とした村上の小説の、ほとんど全
てに共通する〈主題の一貫性〉とは、やはり「〈喪失〉と
如何に向き合うか」であって、清水の指摘する「人間の心
には得体の知れない暗闇の部分が隠されているというヴィ
ジョン」は、「主題」というより寧ろ、作品世界の背後に
布置された前提条件ではないかと思われる[11]。この、多くの

---

10 清水（2006）も、村上作品における人物の類型性に関して「『ノルウェ
　イの森』の直子、緑、レイコの三人」を挙げつつ、「それぞれ、結
　ばれない永遠の恋人、おませで口が達者で「僕」をやりこめる愛すべ
　き女の子、知的で優しいお姉さん、といった三タイプを代表している」
　（P.208-209）と述べ、同様に女性の三類型に注目しているが、本研究
　とは異なって、それを〈村上作品の主題の一貫性〉と結びつけている
　わけではない。

11 私見によれば、2014年現在までに発表された13長篇中、本研究の考
　える〈主題の一貫性〉から外れるのは、原型的中篇「街と、その不確
　かな壁」（1980年）の改作過程で〈喪失〉の要素が脱落した『世界の
　終りとハードボイルド・ワンダーランド』（1985年）、および『アフ
　ターダーク』（2004年）の二作品だろう。清水（2006）の考察対象は

〈他者〉〈分身〉〈メディウム〉―村上春樹、80年代から90年代へ―

　村上作品に共通する性格を分析するに当たり、稿者は如上の「資格」に加えて、更に「役割」という、別の観点からの概念を導入する。この「役割」とは、詳細な説明は次節に譲るが、先に触れた語り手「僕」の〈分身〉の他、後に述べる〈他者〉および〈メディウム〉を内実とし、物語中で、主人公に対してその人物により担われる働きを指す。一体何故このような二つの角度からの分析が必要なのかと言うと、村上作品の登場人物には、作品中で（或いは作品を跨いで）その立場を変化させうる「資格」という要素以外に、さしあたり一つの作品内では固定した働きをしながら、作品ごとにその立場が変異するという特徴も存するように見受けられるためである。例えば、〈他者〉は〈深層的喪失〉〈表層的喪失〉〈伴走者〉のどれをも担い得るし、〈分身〉に至っては、時に〈敵対者〉になることすらもある。これらの「役割」は、「資格」同様、作品中の全ての登場人物を覆うものではないが、管見によれば、村上の小説における登場人物の類型の中で、物語を推進させるにあたり、不可欠なものであると考えられる。そこで次に節をあらためて、登場人物としての「妻」の場合を例にしつつ、この「役割」なる概念について詳述していこう。

　　『アフターダーク』までであることから、或いは彼はこの作で村上が
　〈喪失〉の追求から離れたと判断したのかもしれないが、その後に発
　表された『1Q84』や『色彩を持たない多崎つくると、彼の巡礼の年』
　を見れば、作家がこの主題を放棄したわけではないことがわかる。

３．〈他者〉〈分身〉〈メディウム〉
　　―あるいは村上春樹作品における「妻」の経歴―

　さて、前節で取り上げた〈四部作〉には、四作品全てに
顔を出しながら、不思議と作品中での描かれ方が少ない人
物が存在する。それが、語り手「僕」の「妻」である。『1973
年のピンボール』の第12章や第20章等において、「僕」
が友人と共同経営する翻訳事務所に勤める女の子として結
婚前の「僕」との関わりが比較的長く描写されていた彼女
は、『風の歌を聴け』終盤の第39章で「僕」とのささやか
な結婚生活が、そして『羊をめぐる冒険』の第二章で「僕」
との離婚が語られ、また『ダンス・ダンス・ダンス』の第
2章では彼に別の男との再婚を知らせる手紙を寄こした以
外、物語の進行に対してほとんど関与していない。『1973
年のピンボール』における「事務所の女の子」という段階
では、『ダンス・ダンス・ダンス』で最終的に「僕」と結
ばれる「ユミヨシさん」同様に〈伴走者〉の立場にありな
がら、その「ユミヨシさん」はもとより、「双子の女の子」
「耳のモデル（＝「キキ」）」「ユキ」等の、超常能力を
発揮する他の〈伴走者〉ほどには焦点化されず、また「僕」
との離婚後も、例えば「ビーチ・ボーイズの女の子」「ピ
ンボール」「鼠」「キキ」等のように積極的な探索の対象
になることもないのである。柘植光彦は、稿者の所謂〈伴
走者〉たちの多くを「メディウム」という概念で捉え、そ

の重要性に注目しているが[12]、この中にも「妻（＝「事務所の女の子」）」は含まれていない。柘植（2008.1b）の規定によれば、「「メディウム」（medium）とは、メディア（media）の単数形で、今は一般に「媒体」というふうに訳されるが、ここではその古代的な意味である<u>「巫女」「霊媒」という意味で使う。すなわち、現実のこの世界と、別の世界（他界、異界）とをつなぐ人物や動物や、物体・映像・音楽のことを指す</u>。村上春樹の作品にはきわめて多くの「メディウム」が登場する」（P.280）とのことで、さしあたり1980年代に至るまでの長篇作品と関わる〔女性メディウム〕に限ってピックアップすると、以下のようになる。（長篇と関わる範囲で短篇の登場人物も含め、私に番号を付した。）

　①<u>小指のない女の子</u>（風の歌を聴け）、②直子（または親友の恋人）（1973年のピンボール／蛍／ノルウェイの森）、③<u>双子の女の子</u>（風の歌を聴け／1973年のピンボール／双子と沈んだ大陸／羊男のクリスマス）、④<u>耳のきれいな女の子</u>（羊をめぐる冒険／ねじまき鳥と火曜日の女たち）、⑤図書館の女の子（図書

12　柘植光彦（2008.1a）「メディウム（巫者・霊媒）としての村上春樹—「世界的」であることの意味」（柘植光彦編『〔国文学解釈と鑑賞〕別冊 村上春樹　テーマ・装置・キャラクター』至文堂）、同（2008.1b）「あふれるメディウムたち—メディウムリスト」（同上）を参照。

　　　館奇譚／世界の終りとハードボイルド・ワンダーラン
　　　ド）、⑥<u>少女ユキ</u>、キキ（ダンス・ダンス・ダンス）、
　　　⑦<u>ユミヨシさん</u>（ダンス・ダンス・ダンス）[13]

　このうちで稿者の所謂〈伴走者〉と重なるものに下線を
施した。また更に補足すると、②の「直子」のうち『1973
年のピンボール』に登場する例は、本稿における【図１】
の③〈深層的喪失〉の「三番目に寝た女の子（＝「直子」
α）」に相当する[14]。これらを〈四部作〉の枠組に注目して
見ていこうとすると、⑤の「図書館の女の子」は、ここで
の考察では省くことになる。そして④の「耳のきれいな女
の子」は、柘植（2008.1b）の「発表順リスト」（260-261頁）
によれば『羊をめぐる冒険』の「耳のモデルの女の子」と
短篇「ねじまき鳥と火曜日の女たち」の「耳の娘」（『ね
じまき鳥クロニクル』で「笠原メイ」という名を与えられ
る）の双方を指している。⑥で「少女ユキ」と「キキ」を
一括した柘植の意図は不明だが、この「キキ」は即ち「耳
のモデルの女の子」であるので、彼女については④と併せ
て考えるべきかと思われる。
　さて、柘植の提唱した「メディウム」なる概念は、村上
作品を分析する上で確かに有効な視点を提示してくれるも

─────────────

13　前掲注12柘植（2008.1b）P.262-263を参考に作成。
14　この少女に関しては、すでに前掲注6拙稿（2011）で詳述した。

のである。だが柘植の取り上げる「メディウム」は、やや範囲が広すぎる上に、時に「メディウム」ならざる者との境界が曖昧な印象を受ける。例えば、『羊をめぐる冒険』の終盤の闇の中で「僕」に語りかける死んだ「鼠」が何故「メディウム」であってはいけないのか、理解し難いものがある。更に柘植（2008.1a）において、「この作品には「メディウム」があふれている」（P.95）とされる『ねじまき鳥クロニクル』では、「女性では「電話の女」「岡田クミコ」「加納マルタ」「加納クレタ」「笠原メイ」」（同上）が挙げられているが [15]、例えば「加納クレタ」と「笠原メイ」とでは、確かにどちらも〈伴走者〉と呼べるものの、前者における濃厚な非現実性の強調から考えて、その性格は異なっている。そこで本研究では、柘植の問題提起に大いに触発されながらも、彼の論から範囲をより狭く限定し、<u>基本的に稿者の所謂〈伴走者〉に相当する中で、「双子の女の子」「耳のモデル（＝「キキ」）」「ユキ」「電話の女」「加納マルタ」「加納クレタ」「赤坂ナツメグ」等の女性、そして男性では「羊男」「赤坂シナモン」「本田さん」ら、予言など明らかに超常的能力を発揮する些か非現実的なキャラクター</u>を、〈メディウム〉と称することにしたい。

　このように考えれば、柘植が最初から数に入れていない

15　柘植（2008.1b）の「メディウムリスト」P.261、P.263 では更に「赤坂ナツメグ」が加わっている。

〈四部作〉の「妻」や「鼠」は勿論、「ユミヨシさん」や「笠原メイ」も、〈メディウム〉からは外れることになる。但し、〈四部作〉においては殆んど顧られることのなかったこの〈伴走者〉としての、また〈表層的喪失〉としての「妻」というモティーフは、長篇作品では1990年代に入り、『国境の南、太陽の西』（1992年）および『ねじまき鳥クロニクル』（1994〜95年）で、より重要性を増していくことになる。その点を追究するのが、まさに本研究でのポイントの一つとなるわけだが、そのために稿者はここで、〈他者〉なる概念を導入しようと思う。例えば舘野日出男は、『1973年のピンボール』における「僕」とピンボールとの再会場面を評して、「「僕」はこの時<u>直子という絶対的な他者</u>に出会ったのだといえる[16]」と述べているが、〈四部作〉、とりわけ前二作において、理由もわからずに自殺した「直子」という〈深層的喪失〉の存在は、その<u>理解不可能性</u>という点で〈他者〉と呼ぶに相応しい。但し、本研究の立場からすれば、「絶対的な他者」とは、そうやすやすと出会ったり了解し合ったりできないが故に「絶対的」なのであって、ここでのピンボールは、喪われて二度と戻らない「直子」の代償として「僕」に見出されたところの、

---

16 舘野日出男（2004）「死への誘惑と人間の愛しさ—『1973年のピンボール』論—」（『ロマン派から現代へ—村上春樹、三島由紀夫、ドイツ・ロマン派—』鳥影社）P.70。

〈表層的喪失〉の対象と見るべきだと考える[17]。そしてこの〈他者〉は、〈四部作〉の世界においては専ら「直子」のような「死者」の特徴を持つと見てよかろう。のみならず、その〈他者〉としての「直子」を正面に据えて描き出したのが、『ノルウェイの森』（1987年）に他ならなかった。この作品に関しては、鈴木智之が『村上春樹と物語の条件』で「「僕」による「僕」の物語に対して、<u>「直子」は「他者」のままに留まっているのだ</u>」（P.46）と述べているように[18]、「僕」＝ワタナベ・トオルにとって、「直子」は徹頭徹尾〈他者〉であり続けている存在なのであり、彼女が〈四部作〉における「僕」の〈分身〉たる「鼠」同様、〈伴走者〉⇒〈表層的喪失〉⇒〈深層的喪失〉というルートを辿って「死者」の列に加わるに至ったことは、旧稿で触れたとおりである[19]。そしてこの道筋は『ダンス・ダンス・ダンス』における「死者」としての「キキ」も同様であり、80年代村上作品の特徴的構図と言えよう。

　しかるに90年代になると、『国境の南、太陽の西』では〈他者〉は以前と同様に、（おそらく）〈深層的喪失〉に相当するであろう「島本さん」がその役割を担っていると思われるが、これが『ねじまき鳥クロニクル』に至るや、

17　この点については、前掲注6拙稿（2011）P. 96を参照。

18　鈴木智之（2009）『村上春樹と物語の条件―『ノルウェイの森』から『ねじまき鳥クロニクル』へ』青弓社。

19　前掲注6拙稿（2011）P.102を参照。

〈他者〉は、〈伴走者〉から〈表層的喪失〉に移行していく「妻」としての「クミコ」によって引き受けられるようになるかの如くなのである。このように、主人公「僕」が向き合うべき〈他者〉が、〈深層的喪失〉から〈表層的喪失〉へと対象をシフトしてゆく様相は、特に長篇作品に注目して見た場合、村上春樹の80年代から90年代にかけての大きな変化と捉えることができそうだ。更に本研究では、以上の〈メディウム〉〈他者〉に加えて、「僕」の〈分身〉の果たす役割をも、同時に視野に入れつつ考察を続けていくことにしたい。というのは、「僕」の〈分身〉について、〈四部作〉世界においてその典型と考えられる「鼠」と「五反田君」も、やはり柘植は共に彼の「メディウムリスト」に含めていないことから、また独自の考察が必要であると考えられるためである。

4．「妻」という〈他者〉：『国境の南、太陽の西』から『ねじまき鳥クロニクル』へ

　それでは次に、上記の問題を検証するべく、『国境の南、太陽の西』並びに『ねじまき鳥クロニクル』における登場人物たちの「資格」を、【図3】として示してみる。

【図 3】

	『国境の南、太陽の西』	『ねじまき鳥クロニクル』	
① 〈伴走者〉	有紀子（妻）	笠原メイ	加納クレタ ⇒ 赤坂シナモン
② 〈表層的喪失〉	イズミ	クミコ（妻）	（＝）電話の女＝208号室の女
③ 〈深層的喪失〉	島本さん		
④ 〈敵対者〉		綿谷ノボル	ギターケースの男 ⇒ ナイフの男

　さて、周知のように、『国境の南、太陽の西』という作品は、本来その核心部分が、『ねじまき鳥クロニクル』の一部として組み込まれていた[20]。おそらくそのことと関わりがあろうが、このように図示してみると、両作品の相補的な関係が浮かび上がってくる。即ち、『国境の南、太陽の西』で「島本さん」に代表された〈深層的喪失〉をめぐる物語は『ねじまき鳥クロニクル』には存在せず、またその『ねじまき鳥クロニクル』において、新たに浮上した④〈敵対者〉の系譜は、『国境の南、太陽の西』には登場しないのである。この第四の「資格」については、〈分身〉をめぐる問題との関わりで、後程あらためて触れることにしよう。そこで前者についてだが、この「島本さん」という女性の非実在性は[21]、語り手「僕（＝始〔ハジメ〕）」が彼女との想い出の品として屡々引き

20　例えば『村上春樹全作品 1990 ～ 2000 ② 国境の南、太陽の西／スプートニクの恋人』（講談社、2003 年）の村上による「解題」P.480 以下参照。

21　「島本さん」が「死者」を体現していることは、例えば斎藤英治（1993）「現代のゴースト・ストーリー―村上春樹『国境の南、太陽の西』」（『新潮』90-2、1993 年 2 月）P.258-261、横尾和博（1994）『村上春樹×九〇年代―再生の根拠』第三書館、P.15-16 など、先行研究にも指摘が多い。

合いに出す、ナット・キング・コールの歌う『国境の南』の
レコードの非実在性と、テクストの上で巧みに照応し合って
いる[22]。もちろんこの記述を、村上のケアレスミスの所産と
断じるのはたやすいが、彼が「でも—強弁するわけではない
けれど—結果的には、むしろその方が（＝そんなレコードは
実在しない方が：引用者注）よかったんじゃないかという気
がしないでもない。小説を読むというのは結局のところ、ど
こにもない世界の空気を、そこにあるものとして吸い込む作
業だからだ[23]」（P.133、圏点原文）と述べるとおり、この実
在しないはずのレコードは、「島本さん」が纏う「どこにも
ない世界の空気」を、結果的に読者に伝える機能を果たして

---

22 「「国境の南（South of the Border）」も彼（＝ナット・キング・コー
ル：引用者注）の歌で聴いた覚えがあって、その記憶をもとに『国境
の南、太陽の西』という小説を書いたのだけれど、あとになってナッ
ト・キング・コールは「国境の南」を歌っていない（少なくともレコー
ド録音はしていない）という指摘を受けた。「まさか」と思ってディ
スコグラフィーを調べてみたのだが、驚いたことにほんとうに歌って
いない。【中略】ということは、現実に存在しないものをもとにして、
僕は一冊の本を書いてしまったわけだ」（和田誠・村上春樹『ポー
トレイト・イン・ジャズ』新潮文庫、2004年、P.133）。因みに、『羊
をめぐる冒険』における北海道の山の上の「鼠」の別荘の場面にも、
「レコード」で「ナット・キング・コールが「国境の南」を唄ってい
た」（『村上春樹全作品1979～1989②』版、P.303）との記述がある
が、これも同様に解釈することが可能だろう。なお村上自身はこの「島
本さん」の非実在性について、「彼女が実在するかどうかというのは、
あなたと島本さん（あるいはあなたにとっての島本さん的なるもの）
のあいだで決定されるべき個別的な問題なのだ」（前掲注20「解題」
P.487）と述べる。

23 前掲注22の『ポートレイト・イン・ジャズ』に拠る。

いるのである。そして、ハジメが彼女に逢うという設定は、ある意味で、作家が自ら「失敗作」と断ずる中篇「街と、その不確かな壁」（1980年）において処理しきれず、これを改作した『世界の終りとハードボイルド・ワンダーランド』（1985年）でも巧みに回避された、「死者」＝〈他者〉としての〈深層的喪失〉の対象との直接的邂逅というモティーフに、再度挑戦した結果として描き出されたものと捉えることができると思われる[24]。因みに、このモティーフは、更に十年後にも、『世界の終りとハードボイルド・ワンダーランド』の「続編」として構想された『海辺のカフカ』（2002年）において再び反復されるに至るのだが、これについては別稿を期したい。

　以上の点に加え、『国境の南、太陽の西』が『ねじまき鳥クロニクル』と分離する過程において注目すべきは、〈表層的喪失〉としての「大原イズミ」の存在である。

　　『ねじまき鳥クロニクル』の冒頭でかかってくる正体不明の電話は、基本的にはイズミからかかってきた電話だということになる。つまり現実の空気の中に唐突に切り込んでくる過去の響きである[25]。（村上春樹「解題」P.485）

24　この点については、前掲注6拙稿（2011）P. 99-100で述べた。
25　前掲注20に同じ。

　これは、当該二作品の初稿段階での設定に関する村上の発話である。我々が作品を解釈するに当たり、作家自身の意図がもはや第一義的な根拠になりえないことは言うまでもない。だが、村上のこの証言が本研究における〈表層的喪失〉の〈他者〉化という問題と符合する点も看過できない。我々が現在目にすることのできる『ねじまき鳥クロニクル』では、「電話の女」の正体が語り手「僕（＝岡田亨〔オカダ・トオル〕）」の妻「クミコ」であったことを、彼自身が第2部の末尾で気づくことになっている。ところが村上によれば、当初この「電話の女」は、『国境の南、太陽の西』で「イズミ」となる女性だったのだという。このことから、村上が二作品分割以前の初期構想において、〈四部作〉の世界までと同様の〈深層的喪失〉としての「島本さん」のみならず、〈表層的喪失〉としての「イズミ」＝「電話の女」をも〈他者〉として描こうとしていた方針を窺うことができる。こうした、〈深層的喪失〉と〈表層的喪失〉が共に〈他者〉という「役割」を担っているという点は、『国境の南、太陽の西』の持つ過渡的性格を、如実に表わすものと言えよう。そして、〈深層的喪失〉の物語を切り取ってこの小説に封じ込めた後、最終的に『ねじまき鳥クロニクル』で〈他者〉たる「電話の女」の立場に滑り込んできたのは、おそらく本来『国境の南、太陽の西』での語り手・ハジメの妻で〈伴走者〉の「有紀子」と同一人物だったと思しい、岡田トオルの失踪（＝〈表層的喪失〉

化）する妻「クミコ」であった[26]。

　本稿第 2 節の【図 2】に示したように、「妻」の〈表層的喪失〉化というモティーフ自体は、『羊をめぐる冒険』や『ダンス・ダンス・ダンス』、また更に言えば『世界の終りとハードボイルド・ワンダーランド』にも、既に出ていたわけだが、彼女たちは、いまだ〈他者〉という重みを引き受けてはいなかった。この〔〈他者〉としての「妻」〕なるモティーフが浮上してくるのは、村上が『世界の終りとハードボイルド・ワンダーランド』刊行後に発表した短篇、「パン屋再襲撃」（1985 年 8 月）や「ねじまき鳥と火曜日の女たち」（1986 年 1 月）あたりからではないかと考えられる。この点に関しては、石倉美智子が「パン屋再襲撃」を扱った論考で「村上作品の中では、現実の女性は理解不能な他者として存在し、ヴァーチャルな世界に属する女性が憧憬として存在する傾向がある[27]」ことを指摘、更に「ねじまき鳥と火曜日の女たち」論においては、「電話の女、女子高生は、形を変えた「妻」であろう。「妻」はさまざまなスタイルで「僕」を個から引きずり出そうとするのだ。—さらに言うならば、この "「妻」的なる者" たちは、他者であり外部の世界が姿を変えたもの

26　「この『国境の南、太陽の西』の主人公であるハジメ君は、『ねじまき鳥クロニクル』の主人公である岡田トオルともともとは同一人物だった」（前掲注 20、村上春樹「解題」、P.484-485）。

27　前掲注 4 石倉（1998）P.103。石倉はここで「理解不能な他者としての女性キャラクター」として、『羊をめぐる冒険』「TV ピープル」『ねじまき鳥クロニクル』にそれぞれ登場する「妻」たちを挙げる。

だといってよいだろう[28]」、「夫婦という原初的なユニット
に、現代の他者との不調和というテーマを仮託した物語なの
である[29]」と述べ、この短篇がやがて『ねじまき鳥クロニク
ル』へと書き改められることを指して、「それは他者のいる
世界への帰還を果たしたい、という作者の志向性をあらわす
ものであると思われる[30]」と評している。即ち〈伴走者〉と
しての「妻」は「僕」が真剣に向き合うべき〈他者〉となる
可能性をも有していたわけで、概ね妥当な見解と言えよう。
だが一方、それと同時に、『ダンス・ダンス・ダンス』以降
の短篇が、「TV ピープル」（1989 年 6 月）、「トニー滝谷」
（1990 年 6 月）のように〈失われる「妻」〉の物語を辿る
に至ったことと相俟って、作家が長篇『ねじまき鳥クロニク
ル』執筆に際し、〈他者〉としての「妻」を、〈伴走者〉で
はなく〈（表層的）喪失〉の対象として追求する、との方向
で物語を展開させる結果となった点にも、併せて注意を向け
るべきだろう。詳細は別稿に譲るが、〈他者〉としての〈伴
走者〉に直接向き合おうという姿勢を描き出した物語が紡ぎ
出されるのは、『色彩を持たない多崎つくると、彼の巡礼の
年』（2013 年）を待たねばならなかったようである[31]。

---

28 前掲注 4 石倉（1998）P.129。

29 前掲注 4 石倉（1998）P.132。

30 前掲注 4 石倉（1998）P.133。

31 拙稿（2014）「村上春樹『色彩を持たない多崎つくると、彼の巡礼の
　　年』論─「調和のとれた完璧な共同体」に潜む闇─」『淡江外語論叢』

5．〈伴走者〉という「資格」／〈メディウム〉と いう「役割」

　以上、〈四部作〉の世界から『ねじまき鳥クロニクル』
に至る、1980 年代から 1990 年代にかけての村上春樹作品
における〈他者〉の位置づけの変化に注目して考察してき
たわけだが、それは端的に言えば、〈他者〉という「役割」
の〈深層的喪失〉から〈表層的喪失〉への移行、並びに「妻」
の〈他者〉化であった、と整理できよう。次に、引き続い
て〈メディウム〉についての検討に移る。この概念に関し
ては第 3 節において、柘植光彦の提唱した「メディウム」
に触発されるかたちで、それとの違いを念頭に置きながら、
「基本的に稿者の所謂〈伴走者〉に相当する中で、予言な
ど明らかに超常的能力を発揮する些か非現実的なキャラク
ター」であるとの規定を行った。本節で問題にしたいのは、
この〈メディウム〉という「役割」の、〈伴走者〉という「資
格」との差異とは何かという点、並びに、前節までで分析
してきたもう一つの「役割」である〈他者〉との関係とは
如何なるものかという点、の二つである。これらの解明を、
村上作品で記念すべき最初の〈メディウム〉となった「双
子の女の子」が登場する『1973 年のピンボール』（1980 年）

　23、P.239-240 を参照。また、村上がこの長篇刊行の直前に「パン屋再
　襲撃」の改作版『パン屋を襲う』（2013 年）を出しているのも、同じ
　文脈で捉えられよう。

を切り口にして、進めていくことにしよう。

　稿者は嘗て、本作に登場する〈伴走者〉を分析するに当たって次のように述べた。

　　「僕」に寄り添う①の〈伴走者〉は、現実と超現実の二つの世界に分離し、前者を事務所で働く女の子が、そして後者を双子の女の子が担う。事務所の女の子は『羊をめぐる冒険』においても、「僕」の離婚した元妻として登場し、すぐ退場しはするものの、彼の現実界との媒介的役割を果たす[32]。

　先述したように、「「僕」の喪失の回復過程に同行する者」というのが稿者の所謂〈伴走者〉の定義であるが、「予言など明らかに超常的能力を発揮する些か非現実的なキャラクター」は、基本的にほぼ全てが〈伴走者〉に属するものの、〈四部作〉の「妻」（即ち『1973年のピンボール』の「事務所の女の子」）に端的に表れているように、〈伴走者〉の全てが〈メディウム〉たりうるわけではない[33]。

32　前掲注6拙稿（2011）P.94。

33　大部でかつ登場人物も多い『ねじまき鳥クロニクル』の場合は、「加納マルタ」・「クレタ」の姉妹および「赤坂ナツメグ」・「シナモン」母子を、それぞれ一体のものと捉え、〈メディウム〉は、「僕」＝岡田亨により直接的に関わるところの、「クレタ」（第2部まで）と「シナモン」（第3部）で代表させることが可能だと考えられる。「本田さん」も岡田夫妻と関わるが、彼は寧ろ、「僕」の時間差的な〈分身〉

彼女のほかにも、『ダンス・ダンス・ダンス』の「ユミヨ
シさん」も『国境の南、太陽の西』の「有紀子」も、語り
手「僕」を現実世界に結びつけ、彼と永続的な関係を結び
うるわけだが[34]、〈メディウム〉たちの場合は、あくまで
もその名の通り「媒介者」の地位に留まったまま、作品世
界から退場していくのである[35]。第3節でも述べたように、
『1973年のピンボール』の場合、「僕」が回復（再会）し
たのは喪われて二度と戻らない〈深層的喪失〉としての「直
子」ではなく、その代償である〈表層的喪失〉としての「ピ
ンボール」だったのであり、その後の〈伴走者〉たちの行
く末が、村上の作品における類型を、見事に規定している。
よって、「事務所の女の子」が「僕」の最初の配偶者に収
まったのは、それなりの必然性があったわけだが、この結
婚生活は四年で破局を迎える。それは恐らく「僕」の、〈他
者〉である「直子」以外に、「鼠」と「五反田君」という

たる「間宮中尉」の〈メディウム〉としての役割が大きいことから、
【図3】では記入を省略した。また「電話の女」は、元来〈伴走者〉
であった妻「クミコ」の、異界における〈分身〉であると見做すこと
ができるため、【図3】では例外的に〈表層的喪失〉に位置づけてある。

34 「笠原メイ」が例外となるのは、小説の主題が失われた「妻」の回復
それ自体にあるためであろう。

35 例えば近年の作品でも、『1Q84』の「ふかえり」は後者の〈メディ
ウム〉系〈伴走者〉、『色彩を持たない多崎つくると、彼の巡礼の年』
の「木元沙羅」は前者の非〈メディウム〉系〈伴走者〉と言うことが
できる。もちろん、「永続的な関係」が最終的に実現可能かどうかは、
主人公の努力次第となるわけだが。

自己の〈分身〉たちの葬送を、「通過儀礼」として果たし得ていないことからくる未熟さゆえであり、それを経た彼は、ようやく生きていくための自覚を獲得し、新たな〈伴走者〉の「ユミヨシさん」と結ばれるに至ったのだと考えられよう。その過程で、彼が「キキ」の死を知り「五反田君」と向き合う契機を作ったのが、千里眼少女「ユキ」だったことは、あらためて言うまでもない。彼女は、死ぬことで〈他者〉として振る舞うようになった「キキ」に替わる、新たな〈メディウム〉であった。

　尚ここで付け加えるなら、こうした〈死者の口寄せ〉的な文字通り「霊媒」としての〈メディウム〉は、90年代以降、つまり主人公の探索対象たる〈他者〉が、死者（〈深層的喪失〉）から生者（〈表層的喪失〉）に転換するに伴って、登場しなくなっていく。「霊媒」的〈メディウム〉の最たる例は、間違いなく『羊をめぐる冒険』の「耳のモデル（＝「キキ」）」だろう。羊探しの旅に出る直前の彼女の言葉に注目してみる。

　　「なんだか、まるでピクニックに来てるみたい。とても気持いいわ」「ピクニック？」（中略）「十年って長かった？」と彼女は僕の耳もとでそっと訊ねた。
　（中略）
　　彼女はソファーの手すりに載せた首をほんの少しだけ曲げて微笑んだ。どこかで見たことのある笑い方だっ

たが、それがどこでそして誰だったのかは思い出せ
なかった[36]。（『羊をめぐる冒険』P.183）

　この第六章の6「日曜の午後のピクニック」におけるや
り取りが、第一章「水曜の午後のピクニック」で「僕」が「誰
とでも寝る女の子」と交わした「ここに来るたびに、本当
のピクニックに来たような気がするのよ」「本当のピクニッ
ク？」（同上：18頁）、「ねえ、十年って永遠みたいだ
と思わない？」「そうだね」（同上：P.21）という対話を
再現し、読者に想起させるものであることは論を俟たない。
そして、この「誰とでも寝る女の子」は、「僕」が「直子」
の死後、恰もその身代わりのように週一で寝ていた相手で
あることから、死んだこの「女の子」の向う側には、即ち
「直子」の死が揺曳しているのであり、その点で「キキ」
とは、「僕」に纏わる数々の喪われた者たちの記憶の堆積
を体現した存在だったと言えよう[37]。そして、或いはそこに
こそ、「僕」の〈分身〉たる「五反田君」が、「キキ」と
二人きりになるのを怖れ、「彼女と関わると僕はもっと深
いところに行ってしまいそうな気がしたんだ」と感じて[38]、

36　引用は『村上春樹全作品 1979 ～ 1989 ② 羊をめぐる冒険』（講談社、
　　1990 年）による。

37　彼女の「霊媒」的性格は、『ダンス・ダンス・ダンス』において、彼
　　女がホノルルの「死の部屋」と「僕」とを繋ぐ存在になっていること
　　に、端的に示されていよう。

38　引用は『村上春樹全作品 1979 ～ 1989 ⑦ ダンス・ダンス・ダンス』（講

遂には彼女を、自分でもわけがわからぬままに殺さざるを
えなくなった理由があったのかもしれない。このような、
「僕」個人の過去の死の記憶との葛藤に焦点が存した80年
代とは異なり、例えば『ねじまき鳥クロニクル』での〈メ
ディウム〉＝「加納姉妹」が行うのは、専ら現在から未来
にかけての「予言」であって、過去の死の記憶は、「間宮
中尉」や「赤坂母子」による〈歴史語り〉へと集約されて
いくことになるのである。

　以上のことから、村上春樹の小説における〈メディウム〉
とは、凡そ、主人公が失われた〈他者〉（もしくはその代
替者）にアクセスを試みる上で媒体として機能する者たち
である、と考えて大過ないであろう。「双子の女の子」に
は「ピンボール」が、「ユキ」には「キキ」が、そして「加
納クレタ」と「赤坂シナモン」には「クミコ」が、それぞ
れ対応することになる。超常的能力を駆使できる〈メディ
ウム〉たちと異なり、「事務所の女の子」「小林緑」「ユ
ミヨシさん」「有紀子」「笠原メイ」「大島さん」といっ
た非〈メディウム〉系〈伴走者〉たちは、かかる「役割」
を果たしきれない[39]。尤も『色彩を持たない多崎つくると、

談社、1991年）P.209による。
39　『ダンス・ダンス・ダンス』の「ユミヨシさん」は、「僕」が新「い
　るかホテル」で「羊男」と再会するきっかけとなるが、「羊男」は、『羊
　をめぐる冒険』でそうだったように、「僕」の〈分身〉と関わる物語
　系列の存在であり、彼女および〈他者〉と関わる女性〈メディウム〉
　＝「キキ」とは絡み合わない。

彼の巡礼の年』の非〈メディウム〉系〈伴走者〉、「木元沙羅」の場合、インターネットなる〈メディア〉を使って主人公「多崎つくる」の「巡礼」を補佐するという新しい展開も見られる。これは、嘗ての村上作品の主人公にとって〈他者〉が回復すべき〈喪失〉の対象だったのに対し、本作では〈伴走者〉たる彼女自身が、将来主人公の直接向き合うべき〈他者〉の役割を担っていることとも相俟って、村上文学が今後進んでいく方向を示唆するものと言えるかもしれない。

6. 変貌する〈分身〉たち：〈他者〉および〈メディウム〉をめぐる物語との拮抗

　ところで、甚だ興味深いのは、村上作品で頻繁に登場するところの、これら〈他者〉―〈メディウム〉をめぐるストーリーが、主人公とその〈分身〉と関わる物語と、屢々対抗関係を見せる点である。そもそもその起点となる『1973年のピンボール』を振り返って見れば明らかなように、「鼠」の物語は双子とピンボールおよび「直子」の物語と全く交差するところがなかった。その原型は、『風の歌を聴け』における「鼠」と、「僕」をめぐる女の子たちとの、表面的な没交渉性に求めることも可能だろう[40]。続いて「街

40　平野芳信（2001）『村上春樹と《最初の夫の死ぬ物語》』翰林書房、斎藤美奈子（1994）『妊娠小説』筑摩書房、石原千秋（2007）『謎

と、その不確かな壁」およびその改作版である『世界の終りとハードボイルド・ワンダーランド』になると、語り手「僕」は、結末は正反対であるものの、「影」と「図書館の女の子」のどちらを取るかという二者択一を迫られることになる。『羊をめぐる冒険』では更に露骨に、「耳のモデル」は「羊男」というもう一人の〈メディウム〉に追い払われ、「僕」はその後でようやく〈分身〉としての「鼠」の幽霊と対面するに至る。この「羊男」という男性〈メディウム〉は、「僕」を「鼠」や「五反田君」のような〈分身〉に繋ぐ役割を果たしている点で、他の多くの女性〈メディウム〉とは系列を異にするものと考えられる。更に『ノルウェイの森』の場合、これはある意味で、「僕」とその〈分身〉としての死者「キズキ」との間での、〈他者〉＝「直子」の奪い合いと見ることもできよう。以上のように、村上春樹はデビュー以来、かかる〈他者〉—〈メディウム〉（「女の物語」）／〈分身〉（「男の物語」）という二つの系列の対立と絡み合いの物語を、一貫して描き続けてきたと言っても過言ではない。

　但し、ここで80年代から90年代にかけての村上の変化

とき村上春樹』光文社新書などは、「鼠」と「小指のない女の子」が恋人関係にあったとの解釈を行っている。こう捉えることで作品の読みがより豊かになるのは事実だが、それはあくまでも一つの解釈であり、稿者は、特に最初期の村上が〈他者〉をめぐる「女の物語」と〈分身〉をめぐる「男の物語」とを独立的に扱っていると考えているので、この説は採らない。

として無視できないのは、〈分身〉と「悪の系譜」との交差という問題である。最後に、この点に焦点を絞って考察することにしたい。加藤典洋の所謂「悪の系譜」（または「綿谷ノボルの系譜」）とは、村上作品における暴力性を秘めた一連のキャラクターの系列を指し、それは、「先生の秘書」〔『羊をめぐる冒険』〕⇒「納屋を焼く男」〔「納屋を焼く」〕⇒「永沢」〔『ノルウェイの森』〕⇒「五反田君」〔『ダンス・ダンス・ダンス』〕⇒「青木」〔「沈黙」〕⇒「綿谷ノボル」〔『ねじまき鳥クロニクル』〕⇒フェルディナンド（すみれの父）〔『スプートニクの恋人』〕⇒「ジョニー・ウォーカー」（田村浩一・田村カフカ）〔『海辺のカフカ』〕⇒「白川」（顔のない男）〔『アフターダーク』〕と続いていくとされる[41]。当面、考察の範囲を本稿がこれまで問題にしてきた『ねじまき鳥クロニクル』までに限定すると、そこには、「永沢」や「五反田君」といった、「僕」の〈分身〉的な人物たちの姿が目に入る。『羊をめぐる冒険』の段階では、「先生の秘書」は、後の〈敵対者〉の原型として、「僕」やその〈分身〉たる「鼠」と対峙する存在であった。ところが、愛すべき「鼠」の死後、『ノルウェ

---

41 加藤典洋（2009）『村上春樹イエローページ 3』（2004 年の増補版）幻冬舎文庫、P.276-277「綿谷ノボルの系譜」を参照。なお加藤によれば、この系譜は「五反田君」以降複線化されて、「綿谷ノボル」に代表される純化した「悪の系譜」の他、「島本さん」⇒「ミュウ」⇒「ナカタさん」「佐伯さん」ら「ゾンビ的人物の系譜」をも生み出し、2 つの流れが合流して「ジョニー・ウォーカー」になるという。

イの森』で〈分身〉は「キズキ」と「永沢」との二人に
分裂し、「鼠」同様に自ら死を選んだ「キズキ」の、「僕」
のイメージする「良い面」を「裏返した陰画」としての「永
沢」は、〈もう一人の「直子」〉とも言うべき「ハツミ」を、
その傲慢によって自死に追い遣る[42]。そして留意すべきは、
「永沢」が、「外部の世界（他者・社会）に対して「僕」
が知らず知らずにとっている身構えを自覚的に徹底し、自
分のスタイルとして体現しようとする存在」として、「僕」
と「共通性」を有している点である[43]。このように、〈分身〉
もしくは「僕」自身の中にこそ「悪」の蠢きを探り当てる
という姿勢は、恐らく「納屋を焼く」（1983年1月）や「鏡」
（同年2月）等の短篇に端を発し、「永沢」を経て、『ダ
ンス・ダンス・ダンス』における無意識の殺人者「五反田
君」として形象されるに至ったかに見受けられる。かくて、
嘗て〈メディウム〉だった「キキ（＝耳のモデル）」が、
「僕」の〈分身〉たる「五反田君」に殺され、それを新〈メ
ディウム〉の「ユキ」が見破る、という構図が示されるわ
けである。但し、本作の「僕」は、せっかく〈分身〉たる
「五反田君」の中に巣食う「悪」の問題を見出しておきな
がら、それを彼の自死への喪失感とともに見送ってしまう。
これは或いは、「高度資本主義社会」の犠牲者としての「五

---

42 村上啓二（1991）『『ノルウェイの森』を通り抜けて』JICC出版局、
　　P.54-55を参照。
43 前掲注18、鈴木（2009）P.56を参照。

反田君」に対して、「僕」以上に作家自身が同情的になり
すぎたせいなのかもしれない。ところが、90 年代の『国境
の南、太陽の西』になると、語り手「ハジメ」が、恋人「イ
ズミ」を深く傷つけることで、「僕という人間が究極的に
は悪をなし得る人間であるという事実[44]」を体得する、との
事態が出来する。この、語り手自身による内面の悪の発見
があってはじめて、『ねじまき鳥クロニクル』の「綿谷ノ
ボル」というキャラクターは産み落とされ得たのではなかっ
たか。「加納クレタ」の「綿谷ノボル様は岡田様とはまっ
たく逆の世界に属している人です[45]」という説明は、憎み
合う両者が、「その人によって生きられることなく無意識
界に存在しているはず」の「半面」である[46]、とユングに説
明されるという「影」として、相互的な〈分身〉の関係に
あることを思わせる。「僕（岡田亨）」にとって〈分身〉
たるこの義兄は、最初は単に妻「クミコ」との関係を妨げ
るだけの存在かと思われたのだが、第 2 部から第 3 部に進
むにつれ、政界進出を果たすなどその〈敵対者〉としての
立場を大きくしていく。そして「妻」という〈他者〉＝「ク
ミコ」は、当初こそ〈メディウム〉の「加納クレタ」とも

44 引用は前掲注 20、『村上春樹全作品 1990 ～ 2000 ②』（講談社、2003
　年）P.55 による。

45 引用は『村上春樹全作品 1990 ～ 2000 ④ ねじまき鳥クロニクル 1』（講
　談社、2003 年）P.462 による。

46 河合隼雄（1976 ⇒ 1987）『影の現象学』講談社学術文庫、P.30 を参照。

ども、「僕」の〈分身〉＝「綿谷ノボル」に苛まれるが、最後には『ダンス・ダンス・ダンス』とは逆に〈直接対決〉を制し、「綿谷ノボル」の息の根を止めるに至る[47]。

　以上本稿では、従来「コミットメント」や「歴史」といった述語で語られがちだった、村上春樹の 80 年代から 90 年代への転換を、登場人物の類型と変質という観点に拘って分析してみた。〈メディウム〉をめぐる問題系は、それ単独ではなく、〈他者〉や〈分身〉など他の「役割」との関係性の中で、今後も考えていく必要があるだろう[48]。

テキスト

村上春樹（1990）『村上春樹全作品 1979 ～ 1989 ② 羊をめ
　　ぐる冒険』講談社

村上春樹（1991）『村上春樹全作品 1979 ～ 1989 ⑦ ダンス・
　　ダンス・ダンス』講談社

村上春樹（2003）『村上春樹全作品 1990 ～ 2000 ② 国境の
　　南、太陽の西／スプートニクの恋人』講談社

村上春樹（2003）『村上春樹全作品 1990 ～ 2000 ④ ねじま
　　き鳥クロニクル 1』講談社

---

47 岡田亨がバットを用いて〈敵対者〉に振るう暴力をめぐる問題に関しては、別稿を予定している。

48 本稿は、2014 年度第 3 屆村上春樹國際學術研討會（於淡江大学）での口頭発表に、大幅な加筆修正を行ったものである。

和田誠・村上春樹（2004）『ポートレイト・イン・ジャズ』新潮文庫

参考文献

河合隼雄（1987・1976 初）『影の現象学』講談社学術文庫

村上啓二（1991）『『ノルウェイの森』を通り抜けて』JICC 出版局

斎藤英治（1993．2）「現代のゴースト・ストーリー─村上春樹『国境の南、太陽の西』」『新潮』90-2

斎藤美奈子（1994）『妊娠小説』筑摩書房

横尾和博（1994）『村上春樹×九〇年代─再生の根拠』第三書館

石倉美智子（1998）『村上春樹サーカス団の行方』専修大学出版局

平野芳信（2001）『村上春樹と《最初の夫の死ぬ物語》』翰林書房

舘野日出男（2004）「死への誘惑と人間の愛しさ─『1973 年のピンボール』論─」『ロマン派から現代へ─村上春樹、三島由紀夫、ドイツ・ロマン派─』鳥影社

清水良典（2006）『村上春樹はくせになる』朝日新書

石原千秋（2007）『謎とき村上春樹』光文社新書

山根由美恵（2007）『村上春樹　〈物語〉の認識システム』若草書房

柘植光彦（2008.1a）「メディウム（巫者・霊媒）としての村上春樹―「世界的」であることの意味」柘植光彦編『〔国文学解釈と鑑賞〕別冊 村上春樹―テーマ・装置・キャラクター』至文堂

柘植光彦（2008.1b）「あふれるメディウムたち―メディウムリスト」柘植光彦編『〔国文学解釈と鑑賞〕別冊 村上春樹 テーマ・装置・キャラクター』至文堂

大塚英志（2009）『物語論で読む村上春樹と宮崎駿―構造しかない日本』角川 one テーマ 21

鈴木智之（2009）『村上春樹と物語の条件―『ノルウェイの森』から『ねじまき鳥クロニクル』へ』青弓社

加藤典洋（2009）『村上春樹イエローページ 3』幻冬舎文庫

村上春樹（2010.7）「村上春樹ロングインタビュー」『考える人』新潮社

内田康（2011）「村上春樹初期作品における〈喪失〉の構造化―「直子」から、「直子」へ―」『淡江日本論叢』23

内田康（2012）「村上春樹『1Q84』論―神話と歴史を紡ぐ者たち―」『淡江日本論叢』26

浅利文子（2013）『村上春樹 物語の力』翰林書房

内田康（2013）「回避される「通過儀礼」―村上春樹『羊をめぐる冒険』論―」『台灣日本語文學報』34

内田康（2014）「村上春樹『色彩を持たない多崎つくると、彼の巡礼の年』論―「調和のとれた完璧な共同体」に潜む闇―」『淡江外語論叢』23

『ねじまき鳥クロニクル』における　コンピュータというメディウム

林　雪星

1．はじめに

　『ねじまき鳥クロニクル』は村上春樹が 1994 年から 1995 年にかけて発表した長編小説である。主人公の岡田トオルの家の猫が失踪し、妻のクミコも理由なく行方不明になったことがきっかけになって、妻探しが始まった。この物語が進展していく中で、隣人の高校生笠原メイ、予知能力のある加納姉妹、元中尉の間宮老人に出会った。これらの人物は、いずれもクミコとかかわっている。

　また、『ねじまき鳥クロニクル』の発表時の 1995 年からすれば、当時はまだ今ほど普及していなかった高価な新製品のコンピュータにかかわっているのは、失踪したクミコとクミコの兄綿谷ノボルの二人に限られている。さらに、E メールをコンピュータの画面に出して、クミコは自分が「だめになった」（Ⅲ、P.269）と訴えたことが描かれている。また、クミコの兄綿谷ノボルは、なぜ、日本の読者がまだそれほど馴染んでいない E メール、コンピュータを『ねじまき鳥ク

ロニクル』に登場させたのか、は興味深い。そこで、本論では E メールを含むコンピュータをメディウムとして、『ねじまき鳥クロニクル』を分析することを目的とする。

２．コンピュータの日本への進出と発展

　作品に入る前に、まず日本のコンピュータの歴史について見ておきたい。日本の情報処理学会サイト「コンピュータ博物館」によれば、現在の個人用パソコンの元になる世界最初の 4 ビットマイクロプロセッサ 4004 が、1971 年 12 月にインテル社から発表された。インテル社はさらに開発を続け、1972 年に 8 ビットマイクロプロセッサを発表し、1975 年に個人用では世界最初のマイクロコンピュータキット Altair 8800 が米国の MITS（Micro Instrumentation and Telemetry Systems）社から発売された。ビル・ゲイツはこのキット用にパソコンを動かすプログラム BASIC インタプリタを作成し、マイクロソフト社を設立し、1977 年、種々の周辺機器を組み込めるパーソナルコンピュータ（以下、パソコン）が登場した。アップルコンピュータ社が 1977 年 6 月に Apple II を出荷し、パソコン市場を創造していった [1]。当時のアップルのコンピュータのアイコンでプログラ

1　パーソナルコンピュータの紹介は、情報処理学会「コンピュータ博物館」http://museum.ipsj.or.jp/computer/personal/history.html による。（2014 年 8 月 28 日閲覧）

ムを操作するインターフェース画面は現在のあらゆる情報機器のインターフェースの原型になっている。

　日本でもほぼ同じ時期にパソコンの開発が始まり、日本では 1974 年にソード（現東芝パソコンシステム）がインテル 8080 を採用したマイクロコンピュータ SMP80/X シリーズを発表、日本電気（以下 NEC）では 1976 年 8 月に 8080 互換の μ PD8080A を用いたマイコン TK-80 を発売した。当時で 8 万円台の比較的安価なセットであったため、ここから一般のマニア層にまで広がり、東芝、日立製作所（以下日立）、富士通、シャープ、精工舎などからも発売された。以後、1970 年代終わりから 1980 年代に入ると、パソコンを動かす OS に BASIC を搭載したパソコンが日立、シャープ、NEC から発売され、高機能な 8 ビット機として NEC の PC-8800 シリーズ、富士通の FM-8、シャープの X1 シリーズが市場の中心になった。

　規格は更に進化し、1980 年代半ばには OS に MS-DOS や PC-DOS を搭載した 16 ビットパソコンの時代になり、日系企業ばかりではなく IBM 社もパソコン市場に参入した。その中で、NEC の PC-9801 シリーズはそれまでアルファベットしか使えなかったパソコンで初めて日本語表記を可能にする漢字 ROM を内蔵し、OS やソフトウェアを記録できるフロッピーディスクドライブやハードディスクドライブを搭載したシリーズ化をはかり、その後の日本国内市場を 1990 年代までリードした。　同時に、当時普及し始めた

TV ゲーム機と同じ高度なグラフィック機能、強力な AV 機能を備えるパソコンが求められるようになり、1987 年 9 月にはインテル 80386 プロセッサを採用した 32 ビット機が登場し、1989 年 2 月には富士通が CD-ROM ドライブを世界で初めて搭載し AV 機能を強化した 32 ビットの FM Towns を発表した。さらに、この頃、漢字を含む日本語処理もソフトウェアで変換可能になり、DOS/V 機と呼ばれる規格が一般化した。ノートパソコンの普及も 16 ビット CPU の時代から始まり、小型計量化のトレンドがこの時期から顕著になり、現在のタブレットパソコンやスマートフォンの原型になっている。

パソコンによる通信もインターネットの構想として 1980 年代から始まり、パソコン相互を結ぶ文字による通信として、ニフティーサーブなどの BBS による通信の場が急速に普及していった。『ねじまき鳥クロニクル』が描き出した文字によるパソコン通信はまさにこの時代のものと言えよう。しかし、OS やパソコンの通信利用で革命的だったのは、マイクロソフト社が開発した OS の Windows シリーズである。特に 1995 年にリリースした Windows 95 は、世界で初めて個人用パソコンで本格的なマルチメディア機能やネットワーク機能を実現し、現在のインターネット時代を創出した。そして、以後、現在までインターネットで相互にネットワーク化された Windows 版のアプリケーションソフトがパソコンの主流になり、同時に 2000 年代にはさらに

小型化携帯化の潮流が進み、第二の情報通信革命をもたらした電話とパソコンを結合したスマートフォン i-phone シリーズに進化してきている。

　こう見てくると 20 世紀後半の社会はまさにパソコン化社会であり、同時にそれがインターネットや現実での人の移動を加速するグローバル化の原動力だったことが分かる。『ねじまき鳥クロニクル』に登場するパソコン通信や E メールはまさに 1990 年代から現在に到るインターネット・グローバル化時代の潮流を先取りした文化記号と言えよう。

3．メディウムの定義

　作品の分析に入る前に、次にメディウムの定義について述べよう。柘植光彦[2] によると、それは「印刷された文字の内部の世界（あちら側）と読者（こちら側）をつなぐ通路のことだ。」また「本来の意味での medium（霊媒、巫女）としての女性人物たちだ」。それで女のメディウムといったら『風の歌を聴け』の指のない女の子に始まり、『1973 年のピンボール』の双子、『羊をめぐる冒険』の耳のモデルの女の子、『世界の終りとハードボイルド・ワンダーランド』のピンクの女の子、図書館の女の子、『ノルウェィ

2　メディウムについての説明は柘植光彦「円環／他界／メディア―『スプートニクの恋人』からの展望」『村上春樹スタディーズ 05』栗坪良樹・柘植光彦編著（1990.10.31）P.22-23 を参照する。

の森』の直子、『ダンス・ダンス・ダンス』のキキ、ユミ
ヨシさん、『国境の南、太陽の西』の島本さん、『ねじま
き鳥クロニクル』の加納クレタ、赤坂ナツメグ、『スプー
トニクの恋人』のミュウ、すみれ、そして『神の子どもは
たちはみな踊る』のシマオさん、善也の母親へと続いてく
るおおきな流れだ」といった。柘植の説にはメディウムは
また芳川泰久「異界と〈喩〉の審級」（89．6『村上春樹ス
タディーズ05』所収）をあげて、村上春樹の作品における
テクストの異界としての「冥府」を〈喩〉との関係につい
ての分析の中で取り上げた。

　ここでは、性や霊的性格を問わずにメディウムを単純に
「媒体」・「媒介者」として使いたい。

４．岡田トオルと妻クミコとの夫婦関係

　まず、結婚前後とクミコの失踪後、岡田トオルとクミコ
との夫婦関係を究明したい。

４．１　結婚する前

　岡田トオルは法律事務所の仕事で、病院へ依頼人の遺産
相続の手続きに行ったことがきっかけで、入院する母を看
病するクミコと出会った。二人は性格的にはある部分が似
ている。岡田トオルは継母とうまく行っていないので家を
出て孤独癖を持っている人物である。クミコは家族に心を

閉ざし、ほとんど一人で生きているようなものである。二人は結婚する前に何回かのデートのうち、「クミコの言葉や動作に、その迷いのようなものがふと顔をのぞかせることがあった」（P.108）と感じていた岡田トオルは、二人の間になにか「影」のようなものが存在していると察していた。また、二人の初めてのセックスをするとき、岡田トオルは「うまく表現できない」「一種乖離の感覚があった」（Ⅱ、P.112）と何か違和感を感じていたことに思い当たるのである。しかし、その理由を岡田トオルは追究しなかった。その乖離感は結婚後も続いていて、「クミコの中にぼくの入ることができない彼女だけの領域が存在している」（Ⅱ、P.111）と岡田トオルは感じている。次に岡田トオルとクミコの失踪前の結婚生活を見てみよう。

４．２ 失踪前の結婚生活

　第２部の７節「妊娠についての回想との対話」ではクミコの堕胎に触れている。「僕らには子供を産んで育てるほどの経済的余裕はなかった」（Ⅱ、P.118）、「しかし、僕はクミコに堕胎手術を受けてほしくなかった」（Ⅱ、P.119）という会話から窺えるのは、クミコの妊娠した子は、岡田トオルにとっては、それがクミコと自分の子として疑わなかった。しかし結局、クミコは岡田トオルが北海道の出張中に無断で堕胎してしまった。経済的な理由で結婚三年の若い夫婦は、経済の基盤がまだ定着していないとき、子を

産むかどうかそれは悩みの一つになったはずである。しかし、クミコが無断で堕胎という行為をしたのは、やはり夫婦の間に何かあったようである。山﨑眞紀子[3]は「このことが少なからずその後のクミコの失踪に関わってくることを考えれば、夫婦関係の転換点を示す象徴的な大きな出来事」（P.236）であろうと指摘した。クミコは堕胎について「たぶんそれはあなたに話さなくてはならないことだと思うんだけれど」（Ⅱ、P.126）と電話で夫・岡田トオルに言ったが、結局、東京に帰って来ても何も話さなかった。クミコの不意な妊娠、そして無断で堕胎したことは岡田トオルにとっては大きな衝撃を与えたに違いない。クミコは「私にはときどきいろんなことがわからなくなってくるのよ。何が本当で、何が本当じゃないのか。何が実際に起こったことで、何が実際に起こったことじゃないのか。」（Ⅱ、P.124）と述べていたことから、クミコの精神には自分ではコントロールできない何か変わった部分が存在することが暗示されている。

　岡田夫婦の関係を明らかにするために、猫は一つの大きなキーワードになる。岡田家の猫は「ワタヤ・ノボル」と名付けられる。それはクミコの兄「ワタヤ・ノボル」と同じ名前である。猫に自分の兄と同じような名前を付けるの

3　山﨑眞紀子（2012.10）「村上春樹と北海道─『羊をめぐる冒険』『ノルウェイの森』『ねじまき鳥クロニクル』『UFOが釧路に降りる』を中心に─」『札幌大学総合論叢』第三十四号 P.236

は、二つの理由が推測できよう。一つはその人を大事にしているので、側にずっといてほしいという欲望であり、猫にその大事な人と同じ名を付けたのであろう。もう一つはその人を特別な存在として、ずっとそばにいて警戒するように注意する役であろう。テクストによれば、クミコより九歳年上の兄綿谷ノボルは、クミコに無関心な男である。クミコは母と祖母との嫁姑の戦争に巻き込まれて人質のように、三歳から六歳まで新潟の祖母に育てられた。六歳以後両親、兄、姉がいる家へ帰って、全く新しい環境のなかで、「無口で、気むずかしい少女」になった。兄の綿谷ノボルはその時から「彼女が存在することにすらほとんど注意を払わなかった」（Ⅰ、P.132）。よって、兄はクミコにとっては大事な人であるとは言えないであろう。二つ目は警戒すべき人だったら、なぜ警戒すべきか。その理由ははっきり言っていないが、第一部の10節には綿谷ノボルの「マスタベーション」の場面をクミコがみたと描かれている。それはクミコの姉が食中毒でなくなって（実際には自殺した）三年ぐらい後、綿谷ノボルは姉の服をいれた段ボール箱をとりだして、「匂いをかいだりしながらそれをしていた」（Ⅰ、P.230）と。綿谷ノボルの怪異な行為は小学四年生のクミコには理解できなかったが、夫の岡田トオルにそれを語るとき、「彼は何かがあったし、多分彼はその何かを離れることができないんじゃないか」と綿谷ノボルが精神的トラブルを抱えているとクミコは思っていた。以

上の情報から見れば、クミコにとっては、兄のノボルには何か精神的異常さや異常な習癖がある存在である。

また、猫の失踪に戻ると、それについて野村廣之[4]は以下のように指摘する。

> 猫の失踪は、語り手夫婦の日常生活の綻びを意味している。猫が失踪する以前に語り手は自分の意志で職を辞め失業しており、語り手の日常生活に何らかの破綻があるのは間違いない。しかし、語り手にはそれが何であるのか認識されていない。 （P.56）

第1部の「泥棒かささぎ編」で岡田トオルの猫に対する態度は、クミコと違う。「猫がいなくなったら、それは猫がどこかに行きたくなったということだ。腹が減ってくたくたに疲れたらいつか帰ってくる」（Ⅰ、P.18）と積極的に猫を探す気はなかった。しかし、クミコは仕事の隙間を生かして、岡田に「猫探し」を催促した。クミコが岡田に猫を探させる理由は何であろうか。ワタヤ・ノボルという猫を通して、兄の綿谷ノボルと関連する働きが存在しているようである。これは兄の綿谷ノボルとクミコとの特別な関係を暗示しているのではないか。

4　野村廣之（2013）「『ねじまき鳥クロニクル』第1部・第2部における「マクガフィン」」『北里大学一般教育紀要』P.56

　岡田トオルはクミコと知り合ってから９年、新婚から７年であるにもかかわらず、彼女を理解しているとは言えない。例えば「牛肉とピーマンといっしょに炒める」（Ⅰ、P.53）ことをクミコが好きではないということを岡田は全然知らなかった。クミコは「あなたは私といっしょに暮らしていても、本当は私のことなんかほとんど気にとめてもいなかったんじゃないの？あなたは自分のことだけを考えて生きていたのよ、きっと」（Ⅰ、P.53）と不平不満を漏した。クミコは岡田トオルに日常生活の自分を理解してもらいたいが、岡田トオルには全然認識されていない。岡田夫婦には何らかの齟齬があり、岡田は自分の本心もよく分からず、同時にクミコの苦悩も理解していない。

　こうした作品の設定をメディウムという点でみれば、夫婦の間にも周囲の関係の中にも各個人の媒介になるような存在が欠落していると言える。

４．３　妻の失踪後

　『ねじまき鳥クロニクル』第２部には主人公の岡田トオルが間宮中尉の訪問を受け「間宮中尉の長い話」を聞かされた日、朝いつものように出勤したクミコは、帰宅せず、そのまま失踪する。岡田は猫探しと全く態度を一変して真面目に妻を探そうとする。猫の捜索は「路地」に入り、庭に「鳥の石像」のある空き家に行き、そこで猫が現れるのを待つのである。岡田トオルとクミコのこうした作品の設

定をメディウムという点でみれば、夫婦の間にも周囲の関係の中にも各個人の媒介になるような存在が欠落していると言える。実際に警察に捜索願を出すこともせず、クミコの友人や立ち回り先と思えるところへ出向いて行くこともしない。それは、クミコの兄綿谷ノボルが早い段階で、加納マルタを介して岡田トオルと会い、クミコが失踪した理由を説明し、クミコと離婚することを要求したということからであろう。クミコの失踪という予期せぬ事に直面した岡田トオルは、「鳥の石像」のある空き家の「涸れた井戸」に潜り込むことになる。岡田トオルが「涸れた井戸」に潜り込む理由は、やはり「自己の意識の中核」に達することによって、クミコの捜索にかかるためであると言える。というのは岡田トオルが加納クレタとの会話「岡田様は私に何かお尋ねになりたいことがあるのではないのですか？」

（Ⅱ、P.79）という問い掛けに対して、岡田は「綿谷ノボルという人間についてもっと知りたい」（Ⅱ、P.79）と答えている。綿谷ノボルはクミコの居場所を知っているはずであるから、綿谷ノボルのことをもっと詳しく知ることができれば、クミコの居場所もわかるようになる。その方法は「井戸」に潜り、自分自身の「意識の中核」に踏み込むことであり、それが綿谷ノボルを詳しく知ることになると岡田は直感しているのである。

　岡田トオルが「井戸」から出て家に戻ると、クミコからの手紙が届いている。その手紙の内容は綿谷ノボルが語っ

たことと同じである。クミコには男がいたという告白の手
紙である。

　　　私はあなたのことを愛していました。あなたと結婚
　　してほんとうによかったとずっと思っていました。今
　　でもそう思っています。じゃどうして浮気なんかして、
　　その挙げ句家を出ていったりしなくてはならないのか
　　とあなたは尋ねるでしょうね。私も自分に向かって何
　　度もそう問いかけました。どうしてこんなことをしな
　　くちゃならないのだろう、と。　（Ⅱ、P.190）
　　　私のこころはあなたとの生活を求めていました。あ
　　なたとの家庭が私が戻っていくべき場所でした。そこ
　　が私の属するべき世界でした。でも、私のからだはそ
　　の人との性的な関係を激しく求めていました。半分の
　　私はこちらにあって、半分の私はあちらにありました。
　　（Ⅱ、P.193）

　即ち、クミコは不倫して他の男と性的関係を結んでいる
と告げた一方、自分は岡田トオルとの結婚は幸せだと思い
ながら、なぜ浮気をしたかそれについて、自分も分からな
かったと述べている。それはクミコの述べたとおり「私に
はときどきいろんなことがわからなくなってくるのよ。」
（Ⅱ、P.124）という理由であり、クミコは精神的に何か欠
陥があるのではないかと想像できる。クミコからの手紙は

135

岡田トオルとの離婚を要求する内容である。それに対して、岡田トオルはなぜクミコが「どこかで助けを求めている」と感じるのか。それが分かるのは、第3部でシナモンが外部からコンピュータを操作して通信ソフトを通じ、岡田トオルがクミコとコンピュータの画面を隔てて会話ができるようになってからである。

　作品の中心になる夫婦の関係では、手紙やコンピュータというメディウムがあって初めて相互理解が始まったと言える。直接理解し合うことはできないが、媒介が有れば困難な関係でもコミュニケーションの可能性が開かれる、これが作品での両者の関係のポイントであろう。

　次に綿谷ノボル、クミコ、岡田トオルの関係について見てみよう。

5．岡田トオルと綿谷ノボルとの関係

　クミコの失踪は綿谷ノボルと大きく関わっている。まず、クミコの結婚前と結婚後、また、クミコが失踪後と三段階に分けて、岡田トオルと綿谷ノボルとの関係を探究したい。

5．1　結婚する前
　岡田トオルが初めて綿谷ノボルに会ったのは、クミコとの結婚を決めたときであった。クミコの両親の許可を得る

より、兄の綿谷ノボルと前もって話したら、いい結果があるかもと便宜の策をとったが、実際には綿谷ノボルの態度はただの無関心であった。岡田トオルは彼に対して「不快な気持ちになってきた」（Ⅰ、P.145）「すえた臭いを放つ異物が少しずつ腹の底にたまっていく」（Ⅰ、P.145）「この男の顔は何か別のものに覆われている」（Ⅰ、P.145）というマイナスのイメージを持っている。そして、綿谷ノボルはクミコと岡田トオルとの結婚に「よく理解できない」し、「あまり興味ももてない」という意思を伝えた。次の引用文を見てみよう。

　　「君が今言ったことは私にはよく理解できないし、またあまり興味も持てないように思う。（中略）結論を要約して言えば、君がクミコと結婚したいと思い、クミコが君と結婚したいと思っているのなら、それに対して私には反対する権利もないし、反対する理由もない。だから反対しない。考える迄もない。しかしそれ以上のことを私には何も期待しないでほしい。それから、私にとってはこれが一番重要なことなのだが、私の個人的な時間をこれ以上奪わないでほしい」（Ⅰ、P.146）

この時期に綿谷ノボルが関心を持っているのは、ただ自分のことしかなかった。クミコがどうなるか自分は無関心

であるし、干渉もしない。しかもクミコと岡田トオルとの結婚には助力することもしない。綿谷ノボルがクミコが自分にとってかけてはならない存在と気づいたのは、クミコが結婚した後のことであろう。

５．２　クミコの失踪前

　岡田トオルは結婚する前に、クミコの父親と喧嘩したことがある。さらに、クミコの兄綿谷ノボルに「好感という感情を微塵も持っていない」（Ⅰ、P.126）から、結婚後、クミコの家族と交際はしない。

　ある日、綿谷ノボルは国会議員の選挙に出るという意思を電話でクミコに知らせた。綿谷ノボルがクミコに選挙に出る意思を伝えるのは、「家族の一員」（Ⅰ、P.229）という単純な理由ではないはずである。綿谷ノボルは当時すでにマスコミの世界で有名な経済学者であった。岡田トオルの目からみた綿谷ノボルは「マスコミの世界に入り込むと、彼は自分に与えられた役割を舌を巻くくらい見事にこなして」いた人物である。（Ⅰ、P.139）即ち、綿谷ノボルはメディアを介して大衆を掌握する力を備えている。そのために、選挙に出るならクミコの何かの援助を受けたいのではないか。それはクミコの失踪に関わるはずである。

　メディウムという点でみれば、綿谷ノボルも岡田トオルと同じように、周囲の大事な関係を直接には持ち得ない人物であると同時に、極めて一方的な関係を強要する人間だ

と言える。しかし、テレビというメディアを介して綿谷ノ
ボルは絶大な権力を握り得るような多くの人を動かす力を
手に入れるようになった。綿谷ノボルにとってのメディウ
ム＝メディアは、その一方向性において相手を支配する力
の手段であろう。

5．3　クミコの失踪後

　クミコが失踪したあと、クミコの代わりに岡田に離婚を
提起したのは綿谷ノボルであった。言い換えれば、綿谷ノ
ボルはクミコの居場所を知っているはずである。テクスト
で岡田トオルが綿谷ノボルと言い争うのは、加納マルタ、
綿谷ノボル、岡田トオルが鼎談する場面である。綿谷ノボ
ルはクミコの失踪について話し合うために、三人の鼎談を
開いたのである。綿谷ノボルは最初に「あまり時間がない
からできるだけ簡単に、率直に話をしよう」（Ⅱ、P.52）
と言ったが、それに対して、岡田トオルは「簡単に、率直
に何の話をするんですか？」（Ⅱ、P.53）と拒絶する。「ク
ミコが他に男を作って出ていって」「これ以上結婚生活を
続ける意味はない」「弁護士の用意した書類にサインして、
判を押して、それでおしまいだ」「私の言っていることは、
綿谷家の最終的な意見でもある」（Ⅱ、P.55）と綿谷ノボ
ルは「離婚」のことを高圧的な態度で一方的に岡田トオル
に宣言した。クミコは兄の綿谷ノボルと兄妹の仲がそれほ
どいいとは言えないはずなのに、なぜ、クミコは「離婚」

を兄の綿谷ノボルを通して夫の岡田トオルに告げたのか。また、綿谷ノボルは最初クミコの結婚に無関心であったが、なぜ今度はクミコの代わりに岡田トオルに面会してその意思を伝えたのか。綿谷ノボルの岡田トオルに対するメッセージは以下の引用文の通りである。

　　君という人間の中には、何かをきちんとなし遂げたり、あるいは君自身をまともな人間に育てあげるような前向きな要素というものがまるで見当たらなかった。（中略）君たちが結婚してから六年経った。そのあいだ、君はいったい何をした？何もしてない―そうだろう。君がこの六年の間にやったことといえば、勤めていた会社をやめたことと、クミコの人生を余計に面倒なものにしたことだけだ。今の君には仕事もなく、これから何をしたいというような計画もない。はっきり言ってしまえば、君の頭の中にあるのは、ほとんどゴミや石ころみたいなものなんだよ。（Ⅱ、P.56-57）

　岡田トオルは六年勤めてから小さな会社をやめて、失業してしまった。「前向き」という積極性が欠けていると綿谷ノボルはそう断定した。言い換えれば、綿谷ノボルの価値観から見れば、岡田トオルはただの人生の敗者であり、頭には「ゴミや石ころ」しか入っていない、この世から排除されるべき無用の存在である。綿谷ノボルの価値観はそ

の父親の価値観から鏡像のように反映されているのである。岡田トオルによれば、綿谷ノボルは父親の教育を素直に受けた男である。ノボルの父親は「日本という社会の中でまっとうな生活を送るために少しでも優秀な成績を取って、一人でも多くの人間を押しのけていくしかないという信念」（Ⅰ、P.135）を持ち、「人間はそもそも平等なんかに作られてはいない」（Ⅰ、P.135）「人間が平等であるというのは、学校で建前として教えられるだけのことであって、そんなものはただの寝言だ」（Ⅰ、P.135）。こうした考え方は現在、メリトクラシーと呼ばれている。「日本という国は構造的には民主国家ではあるけれど、同時にそれは熾烈な弱肉強食の階級社会であり、エリートにならなければ、この国で生きている意味などほとんど何もない。」「だから人は一段でも上の梯子に上ろうとする。それはきわめて健全な欲望なのだ。人々がもしその欲望をなくしてしまったなら、この国は滅びるしかないだろう。」（Ⅰ、P.135）と考える男である。父親は、極端な世界観を徹底的に綿谷ノボルに叩き込んだ。綿谷ノボルは父親の意向通りに優秀な成績で私立高校から東大の経済学部に進み、優等に近い成績で卒業後、イェールの大学院に二年間留学し、さらに東大の大学院に戻り、大学に残って学者の道を選んだ。すでに、一冊の経済専門書を出版して有名になり、雑誌に評論を書き、テレビの討論番組にレギュラー出演するようになった。このように育てられてきた綿谷ノボルは、

まさに学歴エリート階級の成功例の模範であり、自分の立場だけに立って考える男である。だから、三人鼎談の最後に「我々がここにいるのは、君に通告するためだ」「クミコも大人なんだから、好きなように行動する。あるいはたとえどこにいるか知っていても君にそんなことを教えるつもりはない」（Ⅱ、P.61）と居丈高な態度で岡田トオルを扱う。

　大塚英志[5]によると、綿谷ノボルは「妻」を奪って去った妖魔のような人物である。以下の引用文を見てみよう。

　　〈館もの〉の物語の枠組は『ねじまき鳥』にそっくり当てはまる。（中略）失踪した妻クミコは、「館」に囚われ「呪い」に侵されたお姫様であり、（だからこそ彼女と「僕」は屋敷の中のコンピュータの端末によってかろうじて会話ができる）、他方、「僕」を館から追い出そうとする妻の兄・綿谷ノボルは、館の呪いのいわば「正体」である何か禍々しい妖魔を手にいれて何かをたくらむ魔道士のごとき存在である。

　クミコがどこにいるか、兄の綿谷にはわかるはずであるが、それを岡田トオルに教えないのは、やはりクミコに対

5　大塚英志（2006.7）「〈ぼく〉と国家とねじまき鳥の呪い」『村上春樹論―サブカルチャーと倫理』若草書房 P.30

する何らかの企みが潜んでいるためと思われる。それは、テレビを通じて大衆を支配し政治家として権力の掌握を目指す綿谷ノボルの企みに相応するような、おぞましい意図を秘めていると思われる。

6．メディウムとしてのコンピュータ

　『ねじまき鳥クロニクル』の第3部で岡田トオルは町で会った中年女性に導かれて、秘密の館のようなところで、上流階級の女性たち相手の超能力の仕事に関わることになる。そこは、一切口を利かない青年シナモンにコントロールされた密室である。一方、クミコは政治家となった兄のもとでとらわれの状態になっている。それぞれの密室にいる岡田トオルとクミコが、コンピュータを通して会話を試みる。第3部のテクストにコンピュータが出た場面は、一つは岡田トオルとクミコとの会話である。もう一つは岡田トオルと綿谷ノボルとの会話である。岡田トオルは失踪した妻と赤坂シナモンのコンピュータ回線を通じて接触する。綿谷ノボルとのやりとりもコンピュータ回線を通じてする。コンピュータは、作品が書かれた1990年代はじめには今のように自由にインターネットで相互連結される状態にはなかったので、作品では旧式な文字Chatソフトで通信したように描かれている。主人公の岡田トオルはその操作にも慣れていないし、コンピュータの画面を隔てて、向こ

う側でキーボードをたたいているのが本当に自分の妻クミ
コかどうかさえも疑っている。まず、コンピュータを通し
てのクミコとの会話の内容を見てみよう。岡田トオルは指
定された時間にシナモンのコンピュータの前に座り、クミ
コと意思疎通をする。そのパソコンの画面に文字が出てク
ミコの考えが伝わってくる。最初にクミコの意思が伝わっ
てくるのは、前の手紙の内容と同じように「正式に離婚を
して、あなたが新しい別の人生を歩んでいくことが、私た
ち二人にとって最良の道なのです」（Ⅲ、P.267）という内
容であった。その理由はクミコはすでに以前のクミコでは
ないし、もう「駄目になってしまうものです」（Ⅲ、P.267）
ということである。さらに

　　〈駄目になった〉というのは、もっと長い時間のこ
　とです。それは前もってどこかの真っ暗な部屋の中で、
　私とはかかわりなく誰かの手によって決定されたこと
　です。しかしあなたと知り合って結婚したとき、そこ
　には新しい別の可能性があるように見えたのです。こ
　のままどこかの出口にうまくすっと抜けられるのでは
　ないかと私は思いました。でもそれはやはりただの幻
　影にすぎなかったようです。すべてにはしるしという
　ものがあるし、だから私はあのときになんとかいなく
　なった私たちの猫を探しだそうとしていたのです。
　（Ⅲ、P.269）

　すなわち、クミコは結婚する前に自分の運命を誰かの手
で決められたかのように捉えており、孤独であった。しか
し、岡田トオルと知り合ってから、その暗闇の部屋からう
まく抜けられる可能性があると思い岡田トオルと結婚をす
る。しかし結局、すべては幻影であるという兆候が出たと
き、猫の失踪を通して岡田トオルに暗示を与えようとした
クミコの意思は、岡田トオルには理解できなかった。岡田
トオルはなぜ「綿谷ノボルのところに行かなくてはならな
かったのだろう。どうしてここに残って僕と一緒にいない
のだろう？」（Ⅲ、P.270）とクミコに質問した。クミコか
らの答えにはここが「私のいなくてはならない場所だ」「選
り好みをする権利はない」（Ⅲ、P.271）ということであり、
クミコの返事は岡田トオルにとってはやはり「謎」ばかり
である。しかし、クミコの意志でそこを抜けることができ
ないことも窺われる。クミコを掌握しているのは、兄綿谷
ノボルであると同時に、クミコの心の奥の世界に何か絡ん
でいるとも示されている。岡田トオルはクミコが自分の所
に戻ろうとするなら、綿谷ノボルと交渉しなければならな
いと思う。
　『ねじまき鳥クロニクル』第3部には「首吊り屋敷」と
いう神秘の館のような空間が存在している。綿谷ノボルは
その屋敷について「牛河」という人に調査を委託した。そ
れをきっかけに一年半ぐらい岡田トオルは綿谷ノボルとコ
ンピュータを通して、いくつかの問題を提出してやりとり

をする。一つ目は「クミコを求める」こと。二つ目は「屋敷」を綿谷ノボルが買い取るように譲ること。三つ目はクミコの姉の死と綿谷ノボルとの関係についての話である。綿谷ノボルはクミコを監禁していることを認めなかったし、「屋敷」のことを買い取る企みもメディアの騒ぎで一時中止すると言ったが、クミコの姉の死を岡田トオルが今では「見当がついている」（P.310）と言った時、綿谷ノボルは通信を打ち切った。言い換えれば、綿谷は現在では国会議員になったが、前述のように姉の服を嗅ぎながらマスタベーションしていた行動や実の妹の離婚と絡んだ幽閉事件が表に出ると政治家の生命が断たれるに違いないと恐れ、岡田トオルとの話をやめたと思われる。

　作品の第3部になって初めて、今まで一方的な関係しか相互に持ち得なかった岡田トオル、クミコ、綿谷ノボルの間で、コンピュータ通信やその他の人的手段による交渉や説明が始まり、コミュニケーションの糸口が見えている。しかし、その糸口はそのまま作品の最後まで展開しないままであり、岡田トオルは井戸を通じてクミコに会い、井戸の世界に居た綿谷ノボルに暴力で立ち向かうことになった。メディウムは可能性の開示にとどまり、作品の結末は次の物語展開の予告で終わっている。

　可能性は持っているが不完全なコミュニケーションの糸口としてのメディウム、それが作品の後半部分で描かれている人間関係の姿だと言える。

7．おわりに

　コンピュータの画面を通して、岡田トオルは妻クミコの
意思を確かめながら、クミコの矛盾した心情がわかった。
クミコはトオルに「助けを求め」ながら、自分もこれまで
のクミコではないと思っているので、夫に受け入れられる
かという自信がなくなった。また、兄綿谷ノボルに引き出
された性欲の乱れや精神的欠陥は、どうしても岡田トオル
との家庭を維持するのに支障となってきた。一方、コン
ピュータを通して、綿谷ノボルの弱点—性的で性格的な欠陥
が明らかに窺われる。クミコの姉を死に至らしめ、さらに
クミコを岡田トオルから奪って自分のそばにいさせようと
した歪んだ行動には、綿谷ノボルの政治家としての存在に
致命的要素が潜んでいることが推測できよう。コンピュー
タは日常的なモラルの世界が厳しく拒絶しているような、
クミコの複雑で病的な性心理、さらに綿谷ノボルの歪んだ
性格を理解する媒介的仕掛け＝メディウムの役割を果たす
ものだと言っても過言ではないと思う。こうしたメディウ
ムがあって初めて、直接には語り出せないような、また読
者にも受け入れがたい、作品に暗示されている人間心理の
深くどす黒い無明の暗黒も、はじめて受容できる内容で提
示されたと言える。
　直接には認識できない、あるいは受容しがたい人間意識
の深層を村上作品はさまざまなメディウムによって作品中

で顕在化させている、登場する様々なメディウムはそうした媒介可能性の装置や試行とみることができよう。

テキスト

村上春樹（1997）『ねじまき鳥クロニクル』第1部、第2部、第3部　新潮文庫

参考文献

書籍・機関論文

柘植光彦（1990）「円環/他界/メディア―『スプートニクの恋人』からの展望」『村上春樹スタディーズ05』栗坪良樹・柘植光彦編著

大塚英志（2006.7）「〈ぼく〉と国家とねじまき鳥の呪い」『村上春樹論―サブカルチャーと倫理』若草書房

山﨑眞紀子（2012.10）「村上春樹と北海道―『羊をめぐる冒険』『ノルウェイの森』『ねじまき鳥クロニクル』『UFOが釧路に降りる』を中心に―」『札幌大学総合論叢』第三十四号

野村廣之（2013）「『ねじまき鳥クロニクル』第1部・第2部における「マクガフィン」」『北里大学一般教育紀要』18

インターネット資料

パーソナルコンピュータの紹介は、情報処理学会「コン
　ピュータ博物館」http://museum.ipsj.or.jp/computer/
personal/history.html（2014 年 8 月 28 日閲覧）

『スプートニクの恋人』に仕組まれているすみれの「文書」―メディウムとしての機能―

范　淑文

1．『スプートニクの恋人』に散在するメディウム

　ある目標か目的に達するために、何ものか或いは誰かを媒介せねばならない場合、その何ものか或いは誰かが即ち、その目標（目的）達成のメディウム（medium）と考えられる。勿論、そのメディウムは能動的な場合もあれば、受動的な場合もある。

　『スプートニクの恋人』など村上春樹の小説に織り込まれているメディウムについて、柘植光彦氏は次のように述べている。

　　　村上春樹の小説には、さまざまな内部メディア（inner medium）が存在し、その代表が「井戸」だったわけだが、ここではミュウが本来の意味でのメディア（medium＝巫女）としての役割を果たしている。すみれは、「こちら側」と「あちら側」に「同時に密接に含まれ、存在している」と自分を定義していた。（中

151

略）こうして、すみれと「ぼく」は重なり合い、小説
家として同時に誕生したのだ。（中略）それは、作家
が自分自身をメディア（medium）として自覚的に設定
したということだ。これまでの村上春樹は、優れたメ
ディエーターではあったと思うけれども、決してメディ
アそれ自体ではなかった[1]。

氏の指摘の通り、『ノルウェイの森』や『風の歌を聴け』
『ねじまき鳥クロニクル』などの作品には「井戸」が散在
し、それが一つの通路やメディウム（柘植氏の論文では「メ
ディア」と表記している）と捉えられるが、『スプートニ
クの恋人』では、失踪したすみれはうっかりして井戸に落
ちたのではないかという「ぼく」の疑いに対して、「この
島では誰も井戸を掘りません。そんな必要がないからです。
わき水が多く、いくつかの涸れない泉があります。それに
岩盤が固くて、穴を掘るのは大変な作業になります」とい
う島の警察官の答えによって、「井戸」の存在が完全に否
定される。この点を踏まえて、氏の言う「ミュウが本来の
意味でのメディア（medium＝巫女）としての役割を果たし
ている」というメディウム説、つまりミュウというメディ
ウムを通して、すみれは「こちら側」と「あちら側」の存

1　栗坪良樹・柘植光彦編『村上春樹スタディーズ05』1999.10 若草書房
　　P.3、36

在に気付き、その境界に足を踏み入れるという説にも同意
はする。が、それより、すみれがなぜ「文書1」と「文書2」
を残して「消えて」しまったのか、その文書はどんな意味
を持っているのかなどの点は、よりモチーフの理解に直接
的につながっていると思わずにはいられない。

　よって、本稿は、すみれが書いた文書は誰に宛てるつも
りで書いたのであろうか、その「文書1」と「文書2」を一
つのメディウムとして考えることは可能であろうか、更に
ストーリーの中で「文書1」と「文書2」はどのような働き
を果しているのかなどの問題を明らかにし、作品のモチー
フにアプローチすることを試みる。

２．「文書１」と「文書２」にあるメッセージ

　すみれが失踪したギリシャの小さな島に「ぼく」が日本
から飛んできた。ミュウは、すみれと二人がこの島にやっ
て来た経緯や、四日間二人でどのように過ごしたのか、ど
のような話が交わされたのか、そして、二人の間にどんな
ハプニングがあったのかなどについて詳しく説明したあ
と、不意に「ぼく」に「すみれが、つまり……どこかで自
殺をしたとは考えられない？」とたずねてきた。その質問
に対して、「ぼく」は「もちろん自殺をする可能性がまっ
たくないとは言いきれません。でももしここですみれが<u>自
殺しようと決心したとしたら、必ずメッセージを残します</u>。

こんな風にすべてを放ったらかしにして、あなたに迷惑を
かけるようなことはしません。」（P.184）（下線引用者）
とすみれの性格に触れながら答えた²。そのような「僕」
のはっきりした答えを聞いても、ミュウは「本当にそう思
う？」（傍点テクスト）と念を押したら、「間違いありま
せん。そういう性格なんです」と「ぼく」は更に確信する
かのように言った。しかし、ミュウが捜査願いのためアテ
ネの領事館に行っている間に、「ぼく」はすみれのスーツ
ケースにあるディスクに「文書 1」と「文書 2」が入ってい
ることを発見してしまう。「文書 1」と「文書 2」以外に、
何もタイトルのついていない文書。この二つの文書は果た
して誰に宛てたのだろうか。

2．1　「ぼく」を読者とする「文書」の設定

まず、その答えにつながるもっとも有力な根拠と思われ
るのはディスクが入っていたスーツケースにロックされて
いた四桁の数字である。「ぼくはすみれが暗証にしそうな

2　河合隼雄との対談で村上春樹は、「僕は小説を書いていて、ふだんは
　思わないですけれども、死者の力を非常によく感じることがあるんで
　す。小説を書くと言うのは、黄泉国へ行くという感覚に非常に近い感
　じがするのです。それはある意味では自分の死というのを先取りする
　ということかもしれないと、小説を書いていてふと感ずることがある
　のですね。」と、小説の中に織り込まれている死について語っている。
　（村上春樹・河合隼雄（1999）『村上春樹、河合隼雄に会いにいく』
　新潮社 P.31）『スプートニクの恋人』も例外でなく、猫の死以外に、
　ヒロインであるすみれの身にも死を思わせる雰囲気を醸し出している。

番号をいくつかためしてみた。彼女の誕生日、住所、電話
番号、郵便番号……どれもうまくいかなかった」あげくに、
「国立の――つまりぼくの――市外局番にあわせてみた。
0425。ロックは音をたてて開いた」（P.195）。「ぼく」の
住所の市外局番は「ぼく」とすみれ以外の人間は恐らく誰
も思いつかないだろう。もちろん、すみれが命をかけて恋
をしている相手であるミュウは知る由もなかろう。つまり、
この「文書」の宛先はミュウである可能性が低いと言えよ
う。そして、「ものを考えようとするたびにいちいちそん
なことをしていたら、結論を出すのに時間がかかって仕方
ないだろうとあなたは言うかもしれない。言わないかもし
れない」（P.199）という「文書1」にある内容から、「あ
なた」に向かって話しかけていることはあきらかであろう。
さらに、「しかしミュウに出会ってからは、わたしは文章
というものをほとんど書かなくなってしまった。どうして
だろう？ Kの言うフィクション＝トランスミッション説は
なかなか説得的だった。」（P.200）というKに触れている
一節がある。このKが言う「フィクション＝トランスミッ
ション説」とは、第5章にミュウの会社に助手として勤め
始めたすみれが親友の「ぼく」と会っているときの会話に
出ている内容の一部である。つまり、Kとは「ぼく」を指
しているのは言うまでもない。また、手の関節を鳴らす癖
があり、それを自慢していたすみれには、「大学に入って
しばらくして、それがあまりほめられた特技ではないとい

うことを、Kがこっそりと教えてくれた」（P.203）と、K
に触れる一節もある。大学生の間すみれには、「ぼく」以
外に話やコミュニケーションのできる相手は一人もいない
状況からも、K＝「ぼく」＝「文書1」と「文書2」の宛先
であることは自明であろう。

2．2　すみれの姿―「子猫」の姿を彷彿とさせる

　確かに「文書1」と「文書2」はすみれ自身によって書か
れたものであるが、その前の8章と9章には、すみれが失
踪するまでミュウと交わした会話の内容や、その晩すみれ
の不思議な行いなどが、ミュウの口を通して、語られてい
る。次の節の内容と深く関わっているため、少し触れてお
こう。その内容のうち、失踪する前夜にミュウの部屋に現
れたすみれの姿の叙述がもっとも注目すべき点であり、す
みれの失踪の原因などを解く手がかりとも見做せよう。そ
の場面のすみれの様子と、すみれがミュウに話した子供の
頃体験した「子猫」の失踪する直前の姿の特徴を次の表の
ように並べて、比較してみよう。

　一部は表現がそれほど一致していないかもしれないが、
全体の雰囲気や状況はほぼ重なっているのは明らかであろ
う。まとめて見れば、まだ幼い存在であるが、何か目の前
のある「もの」に刺激されて放心状態――自分さえも意識
せず、コントロールができない異常な精神状態――になっ
ているのである。そして、周りのあらゆるものと距離をお

―――――――すみれ―――――――	―――――子猫―――――
それは背が低く、ずんぐりと丸まった何かだった	背中を丸めて飛びはねる
虫のように身体を丸めてしゃがみこんでいた	遙か上の枝の隙間から顔を小さく
	のぞいていた
身動きひとつしない。息づかいも聞こえない	まるで何かに取り憑かれたみたい
	に
目は開かれていたが、なにも見ていなかった	鳴き声すら聞こえない
口にピンク色のハンドタオルだった	猫の目にはわたしには見えないも
	のの姿が映っていて、それが
すみれは強い力で嚙みしめていた	猫を異常に興奮させている
さびしくて怯えて、誰かの温もりをほしがっている	松の木から下りてこなかった
まだ子供なんだ	人なつこい子猫だった
行方不明になって、煙のように消えてしまった	そのまま消えてしまったの
松の枝にしがみついている子猫のように	まるで煙みたいに

　き、更に姿を見せなくなったのである。「子猫」の話は失
踪する前日、つまりミュウの部屋にすみれが抜け殻の状態
で現れた日の昼間に、すみれがミュウに語った話である。
「子猫」の話がこのタイミングで持ち出されたのはすみれ
が一つのメッセージとして送ったと捉えられよう。ミュウ
への愛を告白して、応えられず、そのショックで姿を消し
てしまうというメッセージをミュウはその時点では感づい
ていなかった。「心がどれだけそう感じても」「身体は彼
女を拒否していた」のである。結果、そのメッセージのと
おりにすみれは「煙のように消えてしまった」のである。

2.3　「シャム双子のような」ミュウとすみれ

　「文書1」にはすみれが最近時々見る夢が書かれている。

自分が三歳の時に亡くなった母に会いに行く夢である。「文
書2」には14年前にミュウの身に起こった「観覧車事件」
が書かれている。片方は夢であり、片方は事実のように語ら
れているミュウが経験した事件である。一見何の関連もない
ように見えるが、当時のそれぞれの状況を並べてみれば描写
が似通っている点が意外に多いことに気付くだろう。

───── 夢の中のすみれ ─────	──── 観覧車事件のミュウ ────
彼女は高い塔のてっぺんにいた	観覧車の一番高い位置の籠
自分をここから助け出してくれるように頼んだ	思い切って叫んでみる「助けて！」
彼女の方に誰も顔を向けようとはしなかった	真夏の夜には何の反応もない
病院で着せられる、長くて白いガウンを着ていた	白い病院のガウンを着せられている
彼女はその服を脱ぎすてて、裸になった	裸の身体に
風に乗ってさまよい、遠くに消えていった	ミュウは失われる

　ミュウの「観覧車事件」とは、14年前にスイスの小さな
町で、夜、遊園地にある観覧車に何かの手違いで閉じ込め
られた時のことである。暫しの眠りから目が醒めたミュウ
が双眼鏡（偶然にも双眼鏡を持っているのは一寸不自然で
あろうが）で自分の部屋でフェルディナンドという50歳前
後のラテン系のハンサムな男性[3]と激しい性行為を交わして
いるもう一人の自分の様子をしっかりと眺めた翌朝、観覧
車で怪我だらけのミュウが発見され、病院に運ばれた。そ

3　フェルディナンドについて、「おそらくは50歳前後のハンサムなラ
　テン系の男だった。背が高く、鼻のかたちが特徴的に美しく、（中略）
　肉体的にもとめられていることを感じとる。彼女は性欲の匂を嗅ぐ。
　それは彼女をおびえさせる。」（P.221）と描写されている。

れ以来半分の自分が「あちら側に移って行ってしまった」という話である。

　一方、すみれの夢は、顔も覚えていないお母さんに会いに行こうとして長い階段をのぼり、漸くそのてっぺんに着き、「美しく、若々し」いお母さんに会えたが、言葉を交わす前に、「換気口のような丸い穴に」押し込まれたお母さんは奥の方に引き込まれてしまった。広場に一人残されているすみれの様子は上掲の表にあるとおり、その状況は「観覧車事件」当時のミュウとぴったり一致しているのは明らかであろう。共通しているのはそれだけではなく、「観覧車事件」を話した後、「たとえば本当のわたしとは、フェルディナンドを受け入れているわたしなのか、それともフェルディナンドを嫌悪しているわたしなのか。そんな混沌をもう一度呑み込めるという自信がわたしには持てない」というミュウの心境叙述の中にある「混沌」という表現は、「文書1」にも「「知っていること」と「知らないこと」は実はシャム双子のように宿命的にわかちがたく、混沌として存在している。混沌、混沌」（P.202）と、繰り返されている。

　ここまで、すみれが何回も見た夢にある自分の状況とミュウの経験した「観覧車事件」のそれと重なっているのは何を意味しているのか、興味深い問題である。

　まず、「観覧車事件」の不思議な点について考えてみよう。「文書2」には「彼は、そのフェルディナンドは、あっ

159

ち側のわたしに対してあらゆることをした。」（P.236）とはっきり語りながら、「そして最後には（中略）でもとにかくそれはフェルディナンドではなくなっている。あるいはそれは最初からフェルディナンドではなかったのかもしれない。」（P.237）「ある意味ではわたし自身がつくり出したことなのかもしれないわね。ときどきそう思うの」（P.242）と自分の記憶を一方で疑いながらミュウが14年前の体験を回想してすみれに語っている。実は、ミュウの「観覧車事件」が起る前に、「彼女は町での生活全体にある種の閉塞感を感じ始め」、「彼女はそこに東洋人に対する目に見えない感情的な差別があるように感じ始め」、「レストランで出されるワインには奇妙な後味がある。買った野菜には虫がついている。音楽祭の演奏はどれも気が抜けて聞える。」（P.222）という叙述のとおりに、それまで居心地のよかった町はいつの間にか、不気味で嫌悪感ばかりを覚える町にになったのである。町に住むようになって二週間経った頃のことであった。好きだった音楽についてさえもその音楽祭での演奏が「気が抜けて聞える」という表現からは、彼女自身の身には異常が起りはじめているとしか言いようがない。その異常を起こす何かの感情が更に顕著化してくる。そこへ、小さいころに父親に遊園地に連れていってもらったときのことをミュウは思い出す。「一緒にコーヒーカップに乗ったときに嗅いだ、父親のツイードの上着の匂いを彼女はいまだに覚えている。（中略）その

匂いはずっと遠くにある大人の世界のしるしであり、幼い
ミュウにとっての安心感の象徴だった。彼女は父親のこと
を懐かしく思った。」（P.223、224）という表現は、ミュ
ウの中に起こるある何かの感情の正体を仄めかしている。
小さいころの父親の「上着の匂い」は「安心感」という感
覚に留まれば何も起こらなかったろうが、「大人の世界の
しるし」というのは男、更に具体的に言えば性につながる
と捉えられよう。観覧車に乗る前に湧いてきた記憶の中の
父親の匂い＝男性＝性への強い意識の働きで、「観覧車事
件」が起きた。そのような自分の中にあったもう一人の自
分を素直に正視できたかのように、ミュウはすみれに「わ
たし自身がつくり出したことなのかもしれないわね」と「観
覧車事件」を語ったのである。

　そして、二つの文書を読んだ「ぼく」は、それらの内容
を整理したあと、「一晩観覧車の中に閉じこめられ、双眼
鏡で自分の部屋の中にいるもう一人の自己の姿を見る。ドッ
ペルゲンガーだ。そしてその体験はミュウという人間を
破壊してしまう（あるいはその破壊性を顕在化する）」
（P.249）と仮説を立てている[4]。

4　ウィキペディアによれば、「同じ人物が同時に複数の場所に姿を現す
　現象、という意味の用語ではバイロケーションと重なるところがある
　が、バイロケーションのほうは自分の意思でそれを行う能力、という
　ニュアンスが強い。つまり「ドッペルゲンガー」のほうは本人の意思
　とは無関係におきている、というニュアンスを含んでいる。」と思わ
　れている。ドッペルゲンガーは本人の意的行為ではないと見なされ

　この「観覧車事件」について、石原千秋氏は「ミュウは
すみれの父であり母でもあったのだ。父はすみれの性欲の
象徴であり、母はすみれの愛情の象徴である。（中略）ミュ
ウはまちがいなくすみれを「あちら側」に誘っていたの
だ。」[5] という見解を示している。一方、中西亜梨沙氏は、
「50歳前後のハンサムなラテン系の男」で「背が高く、鼻
のかたちが特徴的に美しい」フェルディナンドの特徴から
すみれの「父」を連想する松本常彦説[6] を踏まえて、次のよ
うに「観覧車事件」をすみれの身に置き換え、その関連性
を見出している。

　　「観覧車事件」によるフェルディナンドとミュウに、

ている。となれば、ミュウの「ドッペルゲンガー」は自分の意志とは
無関係であるが、体中が傷だらけという「破壊性」の強烈さからでは
ミュウの内面の葛藤が相当なものであるのがうかがえよう。
http://ja.wikipedia.org/wiki/%E3%83%89%E3%83%83%E3%83%9A%E3
%83%AB%E3%82%B2%E3%83%B3%E3%82%AC%E3%83%BC#cite_
note-hani-2（2014.06.05）

5　石原千秋（2009.7）「書き出しの美学（最終回）「こちら側」の自分
　　はいつも孤独─村上春樹『スプートニクの恋人』」『本が好き』37号
　　光文社 P.061、062、063

6　「50歳前後のハンサムなラテン系の男」で「背が高く、鼻のかたちが
　　特徴的に美しい」フェルディナンドの特徴は、「非常にハンサムな人
　　で、とくに鼻筋は（中略）とあるすみれの父に余りにも近い。（中
　　略）そのあまりに類型的な一致によって、読者は「背が高く、鼻のか
　　たちが特徴的に美し」い「父」を連想するよう強制されている。」（松
　　本常彦「孤独──村上春樹『スプートニクの恋人』」『国文学解釈と
　　教材の研究』2001年2月臨時増刊号、學燈社 P.64

　両親の関係の象徴を見い出したすみれは、自身の根本
的問題の原因が「父」にあることをはっきりと意識す
る。（中略）「あちら側」の世界は、自分自身の心の
中の、気づいてはいないが、真の問題が露呈する場で
あった。すみれにとってそれは母を喪失しているとい
うことであり、そのことを彼女自身が自覚し、「あち
ら側」の世界へ向かうことによってそれに直面し、克
服する。従って母とのつながりを回復し、再獲得する
ということになるのである[7]。

　ミュウはすみれの中に対等の関係で存在する父でも母でも
あるという石原氏の見解と異なり、中西氏は、ミュウの「観
覧車事件」を通して、すみれは自分自身が抱えていた問題の
根源が即ち「母の喪失」に帰せられ、「あちら側」の世界へ
行くことによって母親との「つながりを回復」することが成
り立つと主張している。すみれの実母はすみれが三歳の時
に亡くなり、実母についての思い出を父は殆んど語らなかっ
た。義母からの愛情をたっぷり受けていたが、すみれにとっ
ては、実母の愛には替えられないもので、その実母の愛に飢
えたまま恋をする年頃を迎えてしまった。自分の恋の相手を
求める時、無意識にその実母不在という欠陥を補償する心理

7　中西亜梨沙（2013）「村上春樹『スプートニクの恋人』論――新たに
　始まる「ぼく」とすみれの物語――」『福岡大学日本語日本文学 22』
　P.50、52、53

がすみれの内面に働きかけたと考えられる。そこへ、実母が亡くなった年と同じくらいのミュウが現れたのは実にタイミングがよかった。「わたしはミュウを愛している！」（P.213）と「文書1」に何回も繰り返されているし、一方、ミュウのほうも「わたしはすみれのことが好きだったし」（P.177）と語っている以上、中西氏のいう「母とのつながり」の「再獲得」では片付けられなくなる。

　この点については、わたしは、むしろ「これは二つの恋（＝片恋）の物語なんだと言いたい。一つはすみれのミュウへの恋で、これは「こちら側」（現実、普通の世界）にいるだけでは我慢できない、この世界を超え出た「あちら側」の世界に行きたい、超越的なものへの恋、"超越したい、恋"です。これに対し、もう一つの恋が「ぼく」のすみれに対する恋で、それはこの世にとどまろうといういわば"超越しない、恋"なのです。」[8]という加藤典洋氏の恋説に従いたい。つまり、一般の男女の恋ではなく、実母への愛情が混ざっている恋をすみれはミュウに求めたが、「観覧車事件」での自己省察で自分の一部を失ったミュウの拒否によってその恋は成就できなかった。「文書2」にミュウがすみれに、「わたしたちは一枚の鏡によって、隔てられているだけのことなの。でもそのガラス一枚の隔たりを、わたしはどうしても越えることが

8　加藤典洋（2006.2）「行く者と行かれる者の連帯──村上春樹『スプートニクの恋人』」『村上春樹論集②』若草書房 P.168

できない。永遠に」（P.239）と語っている状況のように、「こ
ちら側」に残っている不完全なミュウとの恋は到底成就でき
なかったのである。

　失踪する前夜、ミュウの寝室にしゃがんでいるすみれの
様子――ミュウに求愛している汗だらけで恍惚としている
姿――は「観覧車事件」後のミュウの姿を彷彿とさせるで
あろう。「シャム双子のような」ミュウ、そしてすみれで
あった。上掲した表に並べてあるすみれの部分は夢の中で
母親に会いに行った場面のものもあり、ミュウの寝室に現
れた恍惚としている場面のもあるが、いずれも失踪する前
のすみれの内面描写とみなせよう。すなわち、「高い塔の
てっぺんにいた」「自分をここから助け出してくれるよう
に頼んだ」が、「彼女の方に誰も顔を向けようとはしなかっ
た」。社会の通常の規範から外れているからである。そ
の後、「病院で着せられる、長くて白いガウンを着ていた」
「彼女はその服を脱ぎすてて、裸になった」。そして、子
どもの頃飼っていた子猫の失踪がまるで自分の身に起こる
予言のように、すみれは「風に乗ってさまよい、遠くに消
えていった」。「煙のように消えてしまった」のである。

2．4　「混沌」としたすみれとミュウの「融合」

　すみれの求愛にはミュウは答えなかったが、その恋を成
就するには「あちら側」に行けば会えるだろうと、ミュウ
が提案した。「あちら側」にいくということはどのように

理解すべきか、きわめて難解であろう。「鏡によって、隔てられている」というミュウの言葉を一つの暗示と捉えられるなら、ミュウの会社への通勤の便を図るために会社の近くに引っ越した時に、ミュウから贈られた「等身大の鏡」の引っ越し祝いがすでに「あちら側」に行く通路としてすみれのために用意されたと見なすことも出来よう。ここでは「わたしたちはいつかどこかで再会して、またひとつに融合することがあるかもしれない。」（P.239）というミュウの言葉は興味深い。「ぼく」が島を離れ、ミュウのもとを去ろうとする場面の描写に注目しよう。

　　ミュウは最後にぼくを抱擁した。とても自然な抱擁だった。（ぼくの背中に回した手）その手のひらを通じて、ミュウはぼくになにかを伝えようとしていた。ぼくはそれを感じることができた。ぼくは目を閉じてその言葉に耳を澄ませた。でもそれは言葉というかたちをとらない何かだった。おそらくは言葉というかたちをとるべきではないなにかだった。ぼくとミュウは沈黙の中でいくつかのものごとを交換した。（中略）ミュウはぼくを求めていたと思うし、ぼくもある意味では彼女を求めていた。ミュウはぼくの心を不思議な強さで惹きつけていた。（中略）それを恋愛感情とは呼ぶことはできなかっただろうが、かなり似かよったものだった。（中略）ミュウの小さな手のひらの感触

が、まるで魂の影のように、ぼくの背中にいつまでも
残っていた。（P.263、264、267）（下線引用者）

「ぼく」にとって最愛のすみれが「消えてしまった」こ
とはある意味では、ミュウも責任を問われなければならな
いはずである。にもかかわらず、そのようなミュウを憎む
どころか、別れる寸前にミュウからの「抱擁」を「とても
自然な抱擁」だと「ぼく」は語っている。こうしたミュウ
への「ぼく」の気持ちが更にエスカレートする。「ミュウ
はぼくを求めていたと思うし、ぼくもある意味では彼女を
求めていた。ミュウはぼくの心を不思議な強さで惹きつけ
ていた。」そのような「恋愛感情」とも呼べるレベルにま
で「ぼく」の感情は高まった。なぜ、そのような有り得な
いと思われるほど「ぼく」はミュウに好感を抱くようになっ
たのであろうか。「その手のひらを通じて、ミュウはぼ
くになにかを伝えようとしていた。ぼくはそれを感じるこ
とができた。」という描写に謎解きの鍵がある。結論か
らいえば、ギリシャの島を離れる寸前に「ぼく」を抱擁
したのはミュウであったかどうか疑わしい。実は、ミュウ
による、すみれが自分の部屋に戻る前に「わたしに向かっ
て耳もとでなにかをささやいたような気がした。でもとて
も小さな声だったので、わたしには聞き取れなかった。」
（P.179）という、上記ミュウのポーズを彷彿とさせるすみ
れに関する描写が見られる。社会から離れ、社会性に欠け

167

ている弱々しいすみれなら、このポーズをとるのは十分に有り得る。しかし、会社の経営者で独断的で、有能な女性であるミュウが「ぼく」を抱擁して小さな声で「ぼくになにかを伝えようと」するのは、ミュウのイメージとは距離が大きすぎる。となれば、この島を離れるまえに「ぼく」を「抱擁」したのは、ミュウがすみれに予言したとおり、「一枚の鏡によって、隔てられている」隔たりをすみれが越えて「融合」したミュウだと考えた方が自然で合理的であろう。それによって、「ぼく」はミュウの中にすみれの存在を感じ、自然に抱擁でき、惹き付けられたのであろう。このような形のすみれにしか会うことが許されない「ぼく」だった。すみれは子猫と同じ、「煙のように消えてしまった」からである。

3．メディウムとしての「文書１」「文書２」の働き

　加藤典洋氏は、終盤にあるすみれから掛かってきた電話のシーンについて、「すみれは、人工衛星のように異界を〝ぐるりと回〟り、逆のほうから、にんじんにうがたれた回路を経由して、ぼくの世界に、帰ってくるのである。」[9]と、「消えてしまった」すみれが帰ってくることの暗示だ

9　加藤典洋（2004.5）『村上春樹　イエローページ　PART2』荒地出版社 P.98

と捉えているが、すみれはもう帰って来ないとわたしは考えたい。なぜなら、「文書1」「文書2」を発見する前に、ミュウに「すみれが自殺しようと決心したとしたら、必ずメッセージを残します。こんな風にすべてを放ったらかしにして、あなたに迷惑をかけるようなことはしません。」との「ぼく」のはっきりとした言葉があるからである。残しておいた「文書」は、一種の遺書のようなものであり、「この文章は自分自身にあてたメッセージ」であると共に、「ぼく」に宛てたメッセージでもあるのである。となると、この二つの「文書」についてはテクストの中でメディウムとしての働きを以下のように纏めることができる。

① ミュウ――語ることを通して自己解剖を

　14年前の「観覧車事件」では、ショックのあまり一晩で髪が一本残らず真白になったミュウは、「二人に引き裂かれてしま」い、「半分」しか残っていない自分が今日までこの世を生きてきたのである。しかもそのことを夫も含め14年間誰にも言わなかった。そして、すみれが書いた「文書1」の内容から、事件当時ミュウの身には何が起こったのかについてミュウの父親さえ知らされなかった。すみれの再三の要求で、14年ぶりにミュウが事件を回想した。ミュウの語りで事件の仔細が初めて開示されたのである。14年たってミュウは初めてスイスで起きたこの事件について「ある意味ではわたし自身がつくり出したことなのかもしれないわね。」

と自己を正視するような考えを素直に持つことができたのであろう。「目の前で十本の指を広げ、何度か裏返した。記憶をもういちど確認しているみたいに。」とか「もういちど目の前で両手を広げ、しばらく考えていた」などの姿勢から、事件直後、フェルディナンドと激しい性の交わりをした自分があちら側に封じ込められたことを認識し、現実の日常生活に残っている「半分」の自分のアイデンティティを見詰めることが出来た。ミュウはすみれへの語りによって、自分を解剖することができたのである。

② すみれ——書くことを通して他者との連結を

「私は日常的に文字のかたちで自己を確認する」と「文書1」に書いてあるすみれの言葉の通り、すみれは「文書1」と「文書2」を書くことを通して、「混沌」としている自己を見詰めることに期待が込められている。加藤典洋氏は、すみれの「母の喪失」問題であり、その「根源的問題」の探求を通して、「自己統一を果している」[10]と「文書1」「文

---

10 「すみれは文書1で「母の喪失」という問題を断片的に見据え、文書2でミュウの事件を通してその原因に直面し、自身の「足りないもの」の根源を探り当てるのである。（中略）即ち、文書1のすみれの夢には、母の喪失こそがすみれの根源的問題であり、その原因が父であることがここで明確な形で関連付けて描かれているのである。（中略）すみれは「あちら側」で欠けていた「母」を自身の力で補い、自己統一を果している。いわばミュウと共にいたときを経て「再生」したということができるだろう。」加藤典洋（2004.5）『村上春樹　イエローページ　PART2』荒地出版社 P.48、49、56

書2」を、捉えている。

　「文書1」に書いてあるのはすみれが失踪する前に何回も見ていた夢――母親に会いに行く夢――であり、そして「文書2」はミュウが自ら語った14年前に遭遇した「観覧車事件」である。母親に会いに行く夢は母親喪失の問題が絡んでおり、ミュウとの年齢の相似性から、ミュウには母親の存在が重なっているとして十分に捉えられるが、それより夢の後半、つまり、母が消えたあと、てっぺんに一人残されたすみれの様子が「観覧車事件」に置かれたミュウの様子を彷彿とさせる点が「文書1」「文書2」の最も重要な意義である。山根由美恵氏は「午後の最後の芝生」をめぐる論文の中で「この語りが〈自己完結〉の世界であったにしても、それが「小説」となり、流通することによって、他者との繋がりや意味が生まれていくわけである。もちろん、「相互作用」という言葉にあるように、双方向の意味づけによって初めて物語の意味は生まれる。」[11]と書く行為の意味について言及している。この「流通することによって、他者との繋がりや意味が生まれていく」という書く行為説に従えば、夢に現れている救済を求める自分を改めて確認し、そのような自分の姿が「観覧車事件」にあるミュウの様子との共通性という、それまで知らなかった自分の

11　山根由美恵（2007.06）「書く行為と語る行為――記憶とトラウマ――」
　　『村上春樹〈物語〉の認識システム』若草書房 P.257

一面を認識することができ、そこで他者であるミュウとの
つながりを獲得することが成立するのである。つまり、書
く行為を通して夢で知らされた自分を冷徹に直視すること
が出来ると共に、「観覧車事件」のミュウという他者との
連結が成就できたのである。

③「ぼく」――「読む」ことを通して自己再認識を
　小学校の教師をしている「ぼく」は一見通常的社会の規
範内で育った社会性のある青年のように見える。が、この
小説は、すみれが残した「文書1」「文書2」を読んですみ
れの苦悩や人生を回想する作品である。すみれ及びその恋
の相手であるミュウの過去を振り返るほか、「ぼく」も自
分の青春時代を見詰め直している。そこで、「思春期半ば
のある時点から、ぼくは他人とのあいだに目に見えない境
界線を引くようになった。どんな人間に対しても一定の距
離をとり、それを縮めないようにしながら相手の出かたを
見届けるようになった。（中略）ぼくはどちらかといえば
孤独な人間になった。」（P.86）と、すみれとどこか共通
している部分を自覚した。「文書1」「文書2」を読むこと
をとおして、自己の深層に向き合うミュウとすみれの姿に
触発され、「ぼく」も自分の解剖を試みようとしたと考え
られる。そこで、それまで関係を持った「相手の女性たち
の全員がぼくより年上で、夫なり婚約者なり決まった恋人
なりがいたことだった。一番新しい相手は、ぼくのクラス

172

の生徒の母親だった」（P.92、93）と自分の女性関係者の
特徴に気付いた。すなわち、それらの相手は、いずれも意
中の相手ではなかった。一方、「顔を合せればいつも長い
時間をかけて語りあった。どれだけ語りあっても、飽きる
ことがなかった。話題が尽きなかった。」（P.91）すみれ
は自分にとっては本当の恋の相手であり、心より愛してい
る人であることが確認できた。ミュウやすみれが誠実に「語っ
た」「文書」を読んで、「ぼく」はそれまでの歪んだ自
分に決着をつけるつもりで、不倫の相手である教え子の母
親と別れた。

　そこで、「ぼく」は、すみれの「文書」に書いてある、
「夢を見る」「夢を見つづける」方法に基づいてすみれに
会い、すみれと愛を交わすことを試みる。つまり、『スプー
トニクの恋人』が恋物語として読めるなら[12]、すみれへの
「ぼく」の恋はこうした形で成就できるのであろう。

　一つのメディウム――語ることや書くこと及び読むこ
と――を通して、自己を凝視したり、内省したりすると共

---

[12] 加藤典洋は、「『スプートニクの恋人』は、二つの恋の物語である。
一つはすみれのミュウへの恋で、これは「こちら側」（現実、ふつう
の世界）にいるだけでは我慢できない、この世界を超え出た、「あち
ら側」の世界に行きたいという超越的なものへの恋。いわば、"超越
したい、恋"。そして、もう一つは、僕のすみれに対する恋、この世
にとどまろうという、"超越しない、恋"である。」とあるように、
『スプートニクの恋人』を恋物語とみなしている。（加藤典洋（2004.5）
『村上春樹　イエローページ　PART2』荒地出版社 P.73）

に、他者との連結をも的確に掴む働きを『スプートニクの恋人』に仕組まれている「文書1」「文書2」は見事に果していると言えよう[13]。

テキスト

村上春樹（2008.9）『スプートニクの恋人』（2001.4 第一刷）
　　講談社文庫

参考文献

村上春樹・河合隼雄（1999）『村上春樹、河合隼雄に会いにいく』新潮社

柘植光彦（1999.10）「円環／他界／メディア――『スプートニクの恋人』からの展望」『村上春樹スタディーズ05』栗坪良樹・柘植光彦編　若草書房

松本常彦（2001）「孤独―村上春樹『スプートニクの恋人』」『国文学　解釈と教材の研究　第46巻』學燈社

加藤典洋（2004）『村上春樹　イエローページ　PART2』

---

13 『スプートニクの恋人』のモチーフについて、柘植光彦氏の指摘のとおり「『スプートニクの恋人』では、もはやセラピーもカウンセリングも行われない。ここには「癒し」へのスタンスは存在しない。「地震のあと」とは、そういう転換を意味する。」と理解しても差支えがなかろう。（栗坪良樹・柘植光彦編（1999.10.31）『村上春樹スタディーズ05』若草書房 P.33）

荒地出版社

加藤典洋（2006）「行く者と行かれる者の連帯――村上春樹『スプートニクの恋人』」『村上春樹論集②』若草書房

山根由美恵（2007）「書く行為_{エクリチュール}と語る行為_{ナラティヴ}――記憶とトラウマ――」『村上春樹〈物語〉の認識システム』若草書房

石原千秋（2009.7）「書き出しの美学（最終回）「こちら側」の自分はいつも孤独―村上春樹『スプートニクの恋人』」『本が好き』37号光文社

中西亜梨沙（2013）「村上春樹『スプートニクの恋人』論――新たに始まる「ぼく」とすみれの物語――」『福岡大学日本語日本文学22』

近代から現代への
＜メディウム＞としての表現史
―村上春樹の描写表現の機能―

落合　由治

1．近代から現代への表現史の発展

　日本の近代文学の発展は今まで近代という時代に即した日本語の文学の発展あるいは生成の過程として文学史等の中で理解されてきたが、言語史あるいは表現史という言語形式と表現様式の変化という視点で捉えることも可能である[1]。言語史あるいは表現史の視点から様々なジャンルの言語作品や資料を見る場合、それは異なる時代と社会に産まれた言語形式と表現を結びつけることで多様化の中にそれぞれの固有性を見出すことができるような「メディウム（medium、媒体）」として、それぞれの時代の言語表現と

1　表現史には、今まで文法形式の歴史的変化を捉える視点と文芸形式の歴史的変遷をたどる視点で研究が進められてきた。前者の一例として、日本語学会（2005）「＜特集＞日本語における文法化・機能語化」『日本語の研究』1-3 があり、各種文法的範疇の歴史的変化を考察する試みが紹介されている。後者は文学史、文化史等と相補的に発展し、河出書房新社（1986-2005）『日本文芸史』全 8 巻、小西甚一（1985-1992）『日本文藝史』全 5 巻　講談社などの試みがある。

機能を捉えていく行為になる。現在、日本語研究ではコーパスを使って、歴史的な日本語の変化をさまざまなレベルで通時的にたどろうとする研究が次第に広がっているが、本論文では表現史の視点で日本の近代小説と現代小説の中での描写表現の機能の変化を素描してみたい[2]。

　そこで、今回は日本近代を代表する小説ジャンルとして「私小説」を選び、事例研究として、その中で最も表現史的にも完成度が高いと考えられる志賀直哉の代表作のひとつ「濠端の住まひ」の描写表現の特徴を取り上げる。そして、それと極めて共通点の多い村上春樹「レキシンシントンの幽霊」の描写表現とを比較することで、近代から現代における描写表現の機能と変化を捉えてみたい。

２．近代の描写表現の典型：志賀直哉「濠端の住まひ」

　現在の研究では「私小説」の概念は大正時代の終わりの「私小説論争」の中で中村武羅夫や生田長江らの西洋の近代小説に劣るという批判に対して日本固有の小説としての

2　日本語研究の視点では、国立国語研究所（2012）『近代語コーパス設計のための文献言語研究 成果報告書（国立国語研究所共同研究報告12-03）』http://www.ninjal.ac.jp/corpus_center/cmj/doc/ に、近代語コーパスの制作が述べられている。現在、古典語から現代語までを網羅するコーパスの整備が進んでいる。国立国語研究所コーパス開発センター http://www.ninjal.ac.jp/corpus_center/（2014 年 5 月 30 日閲覧）。

価値を主張した久米正雄や宇野浩二らによって定型化され
たと考えられている[3]。久米正雄は、作品を超えた作家の確
固とした存在や心境を作品に描かれた世界から読み取るこ
とができる作品を私小説とし、その典型のひとつに志賀直
哉「濠端の住まひ」を挙げている[4]。しかし、久米正雄のこ
うした私小説の見方には現在、多くの異議が出されている。
私小説をめぐる近代日本文学の変転を追求した樫原修は、
志賀直哉の身辺記録と作品との比較から、志賀直哉の実際
の心境と作品に描かれた「私」の心境とが一致しえない点
から、以下のように私小説を捉えている。

　　久米正雄はこうした小説（論者注「濠端の住まひ」）
　　の背後に作者の透徹した心境を見たわけだし、従来の
　　緒論も大正3年に比しての志賀直哉の成熟とか、心境
　　の安定（「葛藤の克服」）とかいった原因からこの小
　　説を論じてきたのであった。しかし、これは小説の書
　　き方、方法に依存する事柄であり、この「私」は小説

3　樫原修（2012）『「私」という方法―フィクションとしての私小説』
　　笠間書院序「私小説という問題と小説の方法」参照。ここに私小説
　　の成立とそれに対する各時代の見解の推移がまとめられている。ま
　　た、大正時代の文芸の社会定位と自我確立という二つの方向性につい
　　て、田中祐介（2012）「＜社会＞の発見は文壇に何をもたらしたか：
　　一九二〇年の「文芸の社会化」論議と＜人格主義的パラダイム＞の行
　　末」『日本近代文学』87, P.49-64 参照。
4　私小説論争における久米正雄の見解について同上 P.10-13 および P.38
　　参照。

から想定される「私」であって、そのまま現実の志賀
直哉であるわけではない。繰り返せば、「心境」は原
因ではなく、結果である[5]。

　つまり、私小説的表現形式が作品世界を超えて、確固と
した「私」の存在や「心境」が読み取られる方向に読者を
誘導し、その結果として作品世界を超えたところで像を結
んだ強固な自我を持った「私」が作家と一体化されて読者
の中で理解されているということである。近代小説の言語
表現様式を用いながら、こうした表現効果を持つ作品が作
家によって意図して産み出され、読者に享受されてきたの
が私小説を巡る状況であり、日本の近代小説の大きな特徴
であったと言えよう。では、いったいどのような言語表現
様式を用いることで作家は作品の内の「私」を通じて外に
強固な自我があるかのような投影ができたのか、表現史の
面から見るとこれは非常に興味深い問題である。
　以下では、まず「濠端の住まひ」に見られる特徴的な冒
頭と、それ以降で用いられている二種の描写について、そ
の特徴を考察する。

２．１　冒頭の機能

　「濠端の住まひ」は、全体が 33 段落の短編作品で、大き

5　同上 P.39-40。

く分けると前半と後半に分かれる。前半は以下の冒頭段落
から始まり、第 12 段落までである。冒頭段落は以下のよう
になっている。段落頭の番号は段落番号、丸数字は段落内
での文番号である。下線、枠囲い等は注目点である。

　前半には近代の小説作品にはしばしば見られる作品構成
上、特異な機能を持った冒頭の描写表現が典型的に見られる。

　例1
1　　①一ト夏、山陰松江に暮した事がある。②町はづれ
　　の濠に臨んだささやかな家で、獨り住まひには申し
　　分なかつた。③庭から石段で直ぐ濠になつて居る。
　　④對岸は城の裏の森で、大きな木が幹を傾け、水の
　　上に低く枝を延ばして居る。⑤水は淺く、眞菰が生
　　え、寂びた工合、濠と云ふより古い池の趣があつた。
　　⑥鳩鳥が始終、眞菰の間を啼きながら往き來した。
　　（下線、番号は論者。以下、同様）⁶

　まず、ここで注目したいのは冒頭の文①の形式である。
志賀直哉は、この「～事がある」という文型をその多くの
作品中でもよく用い、またこの文型で始める作品を他にも
書いている。

6　原文は志賀直哉（1973）『志賀直哉全集』第 3 巻岩波書店による。

例2『自轉車』

　　夜中、不圖眼が覺めて、そのまま眠れなくなつたやうな時とか、寒い朝、いつまでも床を離れられずにゐるやうな場合、よく古い事を憶ひ、それに<u>想ひ耽ることがある</u>。

例3『盲龜浮木　輕石』

　　今から三十二三年前の夏、その頃、私は奈良に住んでゐたが、上の三人の娘、家庭教師の大富君、それと私の五人で、淡路の洲本に海水浴に<u>行つたことがある</u>。

　エッセイのようにこうした作品は読まれることが多い。現在の日本語教育では、「〜したことがある」の文型を経験、体験を表す、「〜することがある」を可能性や発生の頻度提示と説明しているが、志賀直哉の用法もそれと同じで、「〜したことがある」は実体験を示すかのように読者に以降の内容を見せる場合に使っていると考えられる。

　もう一つ、冒頭段落で注目されるのは、時と場所の提示である。ここでは、「一ト夏」という一定の期間を示す表現があり、具体的にいつの事かは分からないが、「山陰松江」という固有名詞から松江でのある夏の体験と分かる。

　「〜ことがある」と組み合わされた、こうした表現形式は近代からはじまり、現代でも日常的体験談で常に用いられている形式である。

例 4-1 インターネット掲示板「隣人注意報」

　<u>学校に登校中</u>、刃物を振り回して交番を襲撃してい
る女性に<u>出会ったことある</u>。

　お巡りさんは暴風雪用の扉を押さえつけて、対応し
てた。

　自分は反対の歩道を歩いてたが、一歩間違えば私が
刺されてたのかもしれない。

例 4-2 同上

　<u>元だけど、**GA** 隊にいたとき</u>、基地を襲撃した餓鬼
と、抗議してきたキチママに<u>遭遇したことがある</u>。

　9．11 の後でいろいろと情勢がピリピリしていた時
に、周辺基地の外柵が切断されたり　車両の突入未遂
などが発生していた。当然警備体制も強化されていた
ある日、ふと庁舎の外を　見ると、何か人がいるのが
見えた次の瞬間、外柵が炎上！[7]

　結局、この形式は、ある時空にあったという形で話者が
何らか物語を要約して語り始める場合に常に用いられる形
式と言えよう。時と場所の表現および「〜したことがある」
との組み合わせの中で、読者はそれをある人物の、特定の

7　「隣人注意報」http://blog.livedoor.jp/rinjinyabai/archives/39034050.html
　（2014 年 5 月 30 日閲覧）

時空にあった実際の体験として受け取るようになる。以降に続く内容は、そのある時空にあった具体的説明や時の経過に従った体験の描写として読まれる。

　しかし、近代小説という表現史の中で見ると、小説をこうした文型で始めることには、現在の私小説論の見方のように、以降の内容に「小説から想定される「私」」を強く意識させる効果を認めることができよう。これは作品内容をある人物の体験、経験として読むという方向に読者を誘導する表現として機能している。たとえそれが実際に語り手が事実として体験した内容ではなかったとしても、日常でも体験を語る場合に使われる形式を使うことで、小説という形式が日常の語りの中に定位され、本来、架空の物語であるはずの小説のテクストが実際の体験者が語っているという種類のテクストジャンルに変換されると言ってよいであろう。

２．２　恒常性に関する描写

　ある時空に実際にあったこととして話者が要約して語る「～したことがある」形式を用いたことで、以降の段落は、すべてある人物が体験したその特定の時空の出来事として捉えられるようになる。その際、志賀直哉は同じ表現を冒頭段落から第12段落まで用いている。その特徴は、文⑥「鳩鳥が始終、眞菰の間を啼きながら往き來した」から分かるように、その「一ト夏」の「山陰松江」では、「始終」そ

うした様子があったという形の描写である。よく似た表現が第12段落まで繰り返し使われている。

3　夜晩く歸つて來る。入口の電燈に家守が幾疋かたかつて居る。此通りでは私の家だけが軒燈をつけてゐる。で、近所の家守が集つて來る。私は<u>いつも</u>頸筋に不安を感じ、急いでその下を潜る。（以下略）

12　縁に胡坐をかき、食事をしてゐると、<u>きまつて、</u>熊坂長範といふ黒い憎々しい雄鶏が五六羽の雌鶏を引き連れ、前をうろついた。熊坂は首を延ばし、或豫期を持つて片方の眼で私の方を見てゐる。私がパンの片を投げてやると、熊坂は少し狼狽ながら、頻りに雌鶏を呼び、それを食はせる。そしてあひまに自身もその一ト片を呑み込んで、けろりとしてゐた。

　第12段落までの内容は、冒頭の「一ト夏」の「山陰松江」でのある人物の体験の中で「いつも」そうであり、「きまって」そうであった体験として提示されている。これを第一種描写と呼ぶことにしたい。そして、その描写を志賀直哉は「鳩鳥」「家守」「熊坂長範」のような登場者について語る場合に用いている。これらの描写で描かれている主体は、いわば「私」に対する他者としての「一ト夏」の「山陰松江」の自然の一部であり、同時にそれが「始終」「いつも」「きまって」そうであるような極めて安定して不変

185

の特徴を持つ世界の象徴でもある。恒常性を持つ不変の世界とその中の「私」、そのように描かれた世界が見えるような描写表現を志賀直哉は前半で産み出している。

　第一種描写は、恒常性、普遍性の提示と同時に、それが一回限りの体験として実際に体験されたかのように読者に提示するために産み出された、恒常性と一回性が複合された表現である。これは、小説では作家を越えて現代でも極めてよく目に付くような何気ない表現構成であるが、実は、論理的には恒常性が一回性の中に実現するという矛盾した構造を表現している。その目的は、恒常性を持つ不変の世界の中に、本来は一回性に左右されてその都度変化し、不安定なはずの体験の主体である「私」を位置づけることで、安定した体験の主体を仮象として産み出すことである。

２．３　一回性に関する描写

　一方、作品の後半で第一種描写と対照的な描写を志賀直哉は用いている。第 13 段落から始まる後半の部分は、以下のように始まっている。

13　①或雨風の烈しい日だつた。②私は戸をたてきつた薄暗い家の中で退屈し切つてゐた。③蒸々として氣分も惡くなる。④午後到頭思ひきつて、靴を穿き、ゴムマントを着、的もなく吹き降りの戸外へ出て行つた。⑤歸り同じ道を歩くのは厭だつたから、私は

汽車みちに添うて、次の湯町と云ふ驛まで顔を雨に
打たし、我武者羅に歩いた。⑥雨は骨まで透り、マ
ントの間から湯氣がたつた。⑦そして私の停滯した
氣分は血の循環と共にすつかり直つた。

　「一ト夏」の「山陰松江」でのある人物の体験の中で、
ここからは文①「或雨風の烈しい日」という特定の時の提
示から始まり、文②「私は〜退屈し切つてゐた」という形
で、主な登場者「私」の文脈を起こして、以降、文④「午
後、〜出て行つた」のように時の経過に従って主な登場者
の文脈が展開される。これは、いわゆる物語あるいはストー
リーである[8]。後半のストーリーは、「私」は雨の中、散
歩に出た後、雨上りのよい気分で夜を過ごしたが、その日
の夜、今まで毎日見ていた一羽の雌鶏が猫に盗られ、その
猫を「私」の下宿先の大工夫婦がさらに翌日の夜、罠で捕
え、明日始末することになった。その夜、猫の悲しげな鳴
き声を聞きながら、「一ト夏」の「或雨風の烈しい日」か
らの一連の出来事について考えを巡らし、第32段落で「私」
は結局、以下のような自分の認識を語る。

32　（前略）私は默つてそれを觀て居るより仕方がない。

8　物語あるいはストーリーの定義は、石原千秋・木股知史・小森陽一・
　島村輝・高橋修・高橋世織（1991）『読むための理論―文学・思想・
　批評』世織書房第Ⅱ章参照。

それを私は自分の無慈悲からとは考へなかつた。若
し無慈悲とすれば神の無慈悲がかう云ふものであら
うと思へた。神でもない人間―自由意思を持つた人
間が神のやうに無慈悲にそれを傍観してゐたといふ
點で或ひは非難されれば非難されるのだが、<u>私とし
てはその成行きが不可抗な運命のやうに感ぜられ、
一指を加へる氣もしなかつた。</u>

　この作品後半の表現形式については、ストーリーを語る典
型的形式として近代小説で確立された形式と考えられる。恒
常性を表す第一種描写に対して、これを一回性を表す第二種
描写と呼ぶ。しかし、志賀直哉はただ一回限りのこの出来事
とそれに対する「私」の認識を、「一ト夏」の「山陰松江」の、
自然の一部であり同時にそれが「始終」「いつも」「きまっ
て」そうであるような極めて安定して不変の特徴を持つ、作
品の前半に置かれた世界の中に位置づけることで、恒常性を
持った世界の「運命」あるいは法則性への「私」の認識とし
て読者に提示している。大正時代の「自我」確立を重視する
思想的トレンドの中で私小説を日本独自の近代小説と見た久
米正雄が「濠端の住まひ」に作品を超えた確固とした「私」
＝作者の存在を見出したのは、志賀直哉が以上のような表現
技法を意図的に駆使して描き出した作品構成が産出した表現
上の投影像だったと考えられる。
　志賀直哉は言語表現が持つフレーミング機能を十分に認

識して駆使していたのである[9]。この作品では、前半の恒常性を持った世界を体験する「私」が、後半の一回限りの体験をする「私」の参照点になっており、そうしたフレーミング効果の中で、恒常性を持った世界の体験（前半）＝一回限りの体験（後半）＝恒常性のある「私」の存在という等式が成立し、本来は只一回限りの限定された体験に過ぎない「私」の体験が確固たる恒常不変な世界への認識として読者に提示されるように置換されている。

3．村上春樹「レキシントンの幽霊」における
##　　近代的描写表現の再置換

こうした表現技法を実は、村上春樹も十二分に消化して、日本語の近代的表現から産まれる新しい投影像を模索していると考えられる。その例として、「濠端の住まひ」と極

9　フレーミング効果あるいは認知バイアスは、参照点に関する言語表現の違いによって事実としては同じ内容が、まったく違った受け取り方をされる現象を指す。提示された条件が客観的には全く等価でも、条件提示の表現の仕方が変わるだけで意思決定が大きく変化するという現象は社会心理学等で広く研究され、人間の意思決定に関して非常に大きな影響を与えていることが知られている。研究は非常に多く出ているが、基本的概念をよく紹介している研究として、佐々木宏之（2010）「意思決定フレーミング効果の三類型：幼児の発達と保育の観点を踏まえて」『暁星論叢』60, P.55-72。これは現在では、社会的事件を報道するメディアのニュースや企業広告の方法として用いられ、多様な情報操作の問題となっている。黒沢香、米田恵美（2006）「仮想的テレビニュースの聴取者による責任判断への話者とフレームの効果」『法と心理』5-1, P.84-90 参照。

めてよく似た作品構成を持っている「レキシントンの幽霊」
を取り上げる。

　「レキシントンの幽霊」は、初出1996年でその後、増補
されて全作品版に掲載されている17Pほどの作品であるが、
現在、日本では高等学校現代文教科書に教材として採用さ
れ、文学研究の対象としてばかりではなく教材研究の立場
からも読み込みがなされている[10]。作品は初出のショート
バージョンと全作品版のロングバージョンがあるが、ここ
ではロングバージョンで内容を見ていきたい。

３．１　冒頭の機能

　村上春樹の作品に限らず、小説では最も基本的な要点で
あるが、冒頭の機能は非常に重要と言える。「濠端の住ま
ひ」で志賀直哉が、すべてが「一ト夏」の「山陰松江」で
の「私」の体験として読まれるフレームを冒頭の「〜した
ことがある」の文型で作ったように、村上春樹もほぼ同じ
表現を用いて、同じフレームを作っている。

　1　　①これは数年前に実際に起こったことである。②事

10　今までの研究動向のまとめとして中野和典（2009）「物語と記憶—村
　　上春樹「レキシントンの幽霊」論」『九大日文』13，P. 119-132、山根
　　由美恵（2012）「「曖昧さ」という方法：村上春樹「レキシントンの
　　幽霊」論」『国文学攷』214, P.1-14を参照。本文の異同については、
　　沼尻利通（2011）「村上春樹『レキシントンの幽霊』の本文異同」『教
　　育実践研究』19, P.9-16を参照。

情があって、人物の名前だけは変えたけれど、それ
以外は<u>事実だ</u>。

2　①<u>マサチューセッツ州ケンブリッジ</u>に、二年ばかり
<u>住んでいたことがある</u>。

　第1段落で「数年前」という時期が提示され、第2段落
で志賀直哉の「一ト夏、<u>山陰松江に暮した事がある</u>」と同
じ、「マサチューセッツ州ケンブリッジ<u>に～住んでいたこ
とがある</u>」という形式で、「数年前」のマサチューセッ
ツ州ケンブリッジという特定の場所でのある人物の体験とし
て作品全体が定位されている。さらに第1段落の「これは～
実際に起こったことである」「事実だ」という体験の質に
関わる説明（メタ表現）も加えられている。これらは「濠
端の住まひ」の冒頭と同じく、作品内容をある人物の実体
験として読むという方向に読者を誘導する表現として機能
している。作品では「幽霊」と思しき現象の体験が中盤で
語られているため、こうした表現は、そうした通常では信
じがたい現象すらも「小説から想定される「私」」の実体
験だったと読者に強く意識させるフレーミング効果を認め
ることができよう。
　こうした冒頭の表現によって、読者はこの作品を志賀直
哉の作品がそう読まれてきたように一種の私小説の伝統の
中で読み進めるように方向付けされる。

3．2　前半の恒常性の描写と中盤の一回性の描写

　第2段落から第11段落までの前半の内容は、「僕」があるファンから手紙をもらってから「初秋の午後」に訪ね、以下のように、「一月に一度」は交流があったような「いつも」同じ様な様子であった二人の人物に関する内容として描かれている。

7　①ケイシーはおしつけがましいところのない人物で、育ちもよく、教養もあった。（1文略）③僕は彼と親しくなり、一月に一度は彼の家に遊びに行った。④そしてその見事なレコード・コレクションの恩恵にもあずからせてもらった。

8　（前略）④彼がどんな建築物を設計していたのか、僕は知らない。⑤また忙しそうにしている姿を目にしたこともない。⑥僕の知っているケイシーは、いつも居間のソファに座ってワイン・グラスを優雅に傾け、本を読んでいたり、ジェレミーのピアノに耳を澄ませたり、あるいはガーデン・チェアに座って犬と遊んだりしていた。

　志賀直哉が「一ト夏、山陰松江に暮した」「私」の体験を前半で恒常性の描写から始めることで、作品に極めて安定して不変の特徴を持つ「自然」の世界での体験という参照点を作り、それを後半の一回限りの体験と対照させて、

非常に安定した世界像の中での「私」を浮き上がらせたように、村上春樹も前半で2年間に「僕」に「一月に一度」あったこととして「いつも」同じ様なケイシーとの交流を出し、恒常性の描写を参照点として提示している。ここでも冒頭と同じく志賀直哉が用いた恒常性の中に一回性の「私」を位置づける第一種描写が用いられている。

　そして、前半の恒常性の体験の中に、中盤の第12段落から第56段落までの、その後、「知り合ってから半年ばかりあと」「金曜日の昼過ぎ」にケイシーの家に泊まっていた晩に、只一回限りあった「幽霊」の体験を描いた第二種描写を位置づけている。

12　①知り合ってから半年ばかりあとのことだが、僕は
　　　彼の家の留守番を頼まれた。（後略）

13　（前略）③僕は着替えとマッキントッシュ・パワー
　　　ブックと数冊の本を持って、金曜日の昼過ぎにケイ
　　　シーの家に行った。④ケイシーは荷作りを終えて、
　　　今からタクシーを呼ぼうかというところだった。（後
　　　略）

22　①その夜、僕はケイシーが用意してくれたモンテプル
　　　チアーノの赤ワインを開け、クリスタルのワイン・グ
　　　ラスに注いで、何杯か飲み、昼間のソファに座って買
　　　ってきたばかりの新刊の小説を読んだ。（後略）

24　①目が覚めたとき、空白の中にいた。（後略）

25　①ベッドの上で静かに身を起こし、小さな読書用の
　　ランプを<u>つけた</u>。（中略）

41　①僕は扉の隙間から漏れてくる会話の断片を聞き取
　　ろうと耳を<u>すませた</u>。（後略）

43　①何かが、まるで柔らかな木槌みたいに僕の頭を<u>打っ</u>
　　<u>た</u>。

44　①―あれは幽霊なんだ。

53　①その不思議な真夜中のパーティーが、ケイシーの
　　家の居間で催されたのは、<u>最初の日の夜だけだった</u>。
　　（後略）

56　①ケイシーが一週間後にロンドンから帰ってきた<u>と</u>
　　<u>き</u>、僕はその夜の出来事については、とりあえず何
　　も口にするまいと<u>決めていた</u>。（後略）

　「濠端の住まひ」の後半にある、「或雨風の烈しい日」
からの一連の出来事と同様に、「レキシントンの幽霊」の
中盤では以上のように、「金曜日の昼過ぎ」にケイシーの
家に泊まっていた晩に只一回限りあった「幽霊」の体験を
時の経過に従って描いた一回性の描写が用いられている。
表現形式も志賀直哉と同じ「～とき、～した」というよう
な第二種描写である。ここまでの表現構成は「濠端の住ま
ひ」と「レキシントンの幽霊」で極めて共通点が多く、村
上春樹が志賀直哉の表現方法と効果を強く意識してこの作
品を書いていたことを伺わせる。

３．３　村上春樹の語りの描写

　しかし、ここで終わってしまうと、ただの異常な体験、怪奇な経験というだけの作品になってしまう。志賀直哉は、「濠端の住まひ」で前半に参照点として置いた恒常性の描写の中に後半の日常の身辺的な一回性の描写を位置づけて、最後に「私」の認識に収斂させて「運命」の接受とそれを認識する「私」という焦点を産み出した。一方、村上春樹は作品の後半にケイシーの談話を加えることで、「マサチューセッツ州ケンブリッジ」に「二年ばかり」住んでいた時の恒常的な世界と「幽霊」の体験をした一回限りの出来事を「僕」にとっての「遠い」出来事として、最後に収斂させていている。

　第57段落から第68段落までを「幽霊」の体験後の後半の内容とする。ここでの表現的特徴は、「マサチューセッツ州ケンブリッジ」に「二年ばかり」住んでいて、ケイシーの家で「幽霊」を体験した前半から中盤にかけての「僕」が、以下のようにケイシーの談話の「僕」と一体化していることであろう。後半で、ケイシーである「僕」は家族の死の経験を語っている。

59　（前略）⑦「気の毒だね（I'm really sorry）」と<u>僕は言った</u>。⑧でもいったい誰に対してそう言っているのか、自分でもよくわからなかった。

　　⑨「<u>僕の母が死んだとき、僕はまだ十歳だった</u>」と

ケイシーはコーヒーカップを眺めながら静かに切り出した。⑩「僕には兄弟がいなかったから、父と僕とが、二人きりで後に残された。（以下略）

65　①たぶん全部で二週間ぐらいだったと思う。②僕はその間眠って、眠って、眠って……時間が腐って溶けてなくなってしまうまで眠った。（中略）⑤そのときには、眠りの世界が僕にとってのほんとうの世界で、現実の世界はむなしい仮初めの世界にすぎなかった。⑥それは色彩を欠いた浅薄な世界だった。（中略）⑧母が亡くなったときに父が感じていたはずのことを、僕はそこでようやく理解することができたというわけさ。（中略）⑩つまりある種のものごとは、別のかたちをとるんだ。⑪それは別の形をとらずにはいられないんだ」

66　①ケイシーはそれからしばらく、黙って何かを考えていた。（後略）④「僕が今ここで死んでも、世界中の誰も、僕のためにそんなに深く眠ってはくれない」

67　①ときどきレキシントンの幽霊を思い出す。（後略）

68　①これまで誰かにこの話をしたことはない。考えてみればかなり奇妙な話であるはずなのに、おそらくはその遠さの故に、僕にはそれがちっとも奇妙なことに思えないのだ。

　第59段落文⑦までの前半から中盤にかけての「僕」（二重下線部）は、文⑨からは極めて自然にケイシーである、家族の死の体験を語る「僕」（波下線部）に引き継がれて、以下、第65段落まで改行を含む長い「　」が付いた談話の中で一体化されてしまう。そのケイシーに変換された「僕」を繰り返し談話の中に登場させていくことで、前半と中盤の「マサチューセッツ州ケンブリッジ」に「二年ばかり」住んでいて、ケイシーの家で「幽霊」を経験した「僕」は、結局、志賀直哉の作品が目指したような、私小説として恒常性に位置づけられた確固とした「私」には収斂しないで、むしろケイシーのように豊かで恵まれた安定したアメリカの日常世界にいながら、日常では理解できない「ある種のものごとは、別のかたちをとる」体験をし、「世界中の誰も、僕のためにそんなに深く眠ってはくれない」孤立して浮動する「僕」となり、また、日常性から乖離した「その遠さの故に、僕にはそれがちっとも奇妙なことに思えない」存在としての「僕」として定位されることになる。村上春樹は、志賀直哉が選んだ確固とした一人の「私」への収斂を回避して、冒頭及び中盤の「僕」＝最後に家族の死を語るケイシーとしての「僕」という形で、「僕」を二重化し、今まで語ってきた内容が一体何なのか語り手自身にも分からない方向に、体験を語るテクストを浮動させ拡散あるいは乖離する方向を選んだと言える。「濠端の住まひ」とよく似た文章構成と表現技法が用いられているにもかかわら

ず、この作品を読んだとき、多くの読者が共通して体験している分かりにくさ、割り切れなさは、作品の最後で「僕」がケイシーである「僕」との二重性を帯びていることにある。「濠端の住まひ」の私小説的な「私」の自明性または明晰性と対極に位置する、不鮮明で境界を定め得ない「僕」の世界に「レキシントンの幽霊」が最後に読者の視線の焦点を結ばせてしまうからである。

　以下の図のように「濠端の住まひ」では、前半の恒常性としての自然を参照点として後半の動物たちの死の体験をその中に位置づけることで、その死が「運命」として受容され、それを認識する確固とした「私」が反定立の形で浮かび上がる。しかし、「レキシントンの幽霊」では恒常的で安定したレキシントンの資産家の平穏な日常世界は、「レキシントン」で「二年間」過ごす中で「幽霊」の体験をし

「濠端の住まひ」の焦点「私」　「レキシントンの幽霊」の焦点「僕」

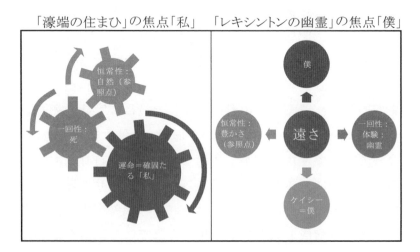

た「僕」が、ケイシーである「僕」の語りの中で死の経験に位置づけられることにより日常世界が無意味になる「眠りの世界」の中に解体され、そのゆえに「遠い」異化された世界の体験と化すと言えよう。

「レキシントンの幽霊」はストーリーの焦点の構成方法としても近代小説とは非常に異質な性格を帯びている。それは収斂しない、拡散し乖離していく虚焦点のような「僕」の定位方法である。

４．おわりに

日本の近代語から現代語に継承された体験を語る同じ言語形式であっても村上春樹は、それによって世界への信頼とそれに対比される確固とした私小説的「私」の安定感や信頼感を読者に提示することはしない。むしろ、その語りの主体を二重化して置換することで確固とした存在であったはずの恒常性の参照点を浮動させ、日常的安定性の異化とそれがもたらす静かな不安感、不透明感、不可視性を喚起している。その意味で村上春樹は、フレーミング効果に無意識に左右される近代的日常的意識に対し、フレーミング効果の参照点を逆照射する形で、その作品によってフレーミング＝日常性を疑わせる方向に作品を書き進めていると言えるであろう。

その点で、村上春樹の作品は近代小説と日本語表現の限

界を超えたところに日本語の新しい表現可能性を解放したと言えるであろう。同時にそれは、フレーミングや認知バイアスという日常性に埋没した私たちの生活世界の意識をその束縛あるいは自動性から解放する装置ともなっている[11]。志賀直哉の作品が基本的に音階の調和、安定、共鳴という方向での近代音楽のアナロジーで捉えられるとすれば、村上春樹の作品は構成によって純粋音が浮かぶ現代音楽に相応するように、近代日本語の言語表現形式を純粋形式に組み替えた作品とも言える。それは、理解しがたさ、割り切れなさという形により、世界の中で対象を志向し、「存在する」「表現する」「理解する」ことは何であるのかを私たちに問いかける方法的機構なのである[12]。

　「異化」という語はすでに周知の用語になっているが、村上春樹がその多くの作品で試みている企投のひとつは明らかに近代日本の文学的特質であった私小説あるいはリアリズムの異化である。その企投には私小説の言語表現様式

---

11 フッサールは日常性に依拠した自明性に支配された意識によって構成される世界を生活世界と考えると同時に、自我と他者との間主観性の起源としても捉えている。論考は多いが、布施伸生（1994）「故郷世界と異郷世界のダイナミックス—フッサールの生活世界論における目的論と事実性」『哲学論叢（1994）』21, P.74-84、山田治（2004）「後期フッサールにおける生世界概念」『言語と文明：論集』2, P. 136-154 等を参照。

12 現代音楽や現代演劇批評を参照。一例として、時田浩（2012）「演劇の仕かけ：自然主義からブレヒトの異化へ」『京都産業大学論集 人文科学系列』45, P.355-369。

を使って私小説とは異なる焦点を結ばせる、今回のような
方向も含まれている。「レキシントンの幽霊」は、その点
で日本近代の文学的伝統として読者を拘束してきた私小説
を作る参照点のフレーミング効果を読者に対して解体する
実験的試みだったと言えよう[13]。そうした「レキシントンの
幽霊」が教科書に採用されたということは、すでに日本語
の中で近代（モダン）を越えるポスト・モダンの方向が自
覚され始めていることを示しているとも言える。しかし、
言語史あるいは表現史におけるポスト・モダンの受容と探
究は始まったばかりである。それは読者によって今後、認
知の新しい潮流として、かつて志賀直哉の作品が読者に受
容されて私小説の流れを決定的にしたように、村上春樹を
初めとするテクストについて形成され覚知されていくに違
いない。

注記

　本論文は科技部専題研究 102-2410-H-032-033- による研究
成果の一部である。

13　異化について佐藤千登勢（2003）「「異化」としてのメディア：シク
　　ロフスキイの映画と散文をめぐって」『ロシア語ロシア文学研究』35,
　　P.73-80 参照。

テキスト

志賀直哉（1973）『志賀直哉全集』第 3 巻　岩波書店
村上春樹（2003）『村上春樹全作品 1990-2000』第 3 巻　講談社

参考文献・資料

小西甚一（1985-1992）『日本文藝史』全 5 巻　講談社
河出書房新社（1986-2005）『日本文芸史』全 8 巻
石原千秋・木股知史・小森陽一・島村輝・高橋修・高橋世織（1991）『読むための理論―文学・思想・批評』世織書房
布施伸生（1994）「故郷世界と異郷世界のダイナミックス―フッサールの生活世界論における目的論と事実性」『哲学論叢（1994）』21P.74-84
佐藤千登勢（2003）「「異化」としてのメディア：シクロフスキイの映画と散文をめぐって」『ロシア語ロシア文学研究』35P.73-80
山田治（2004）「後期フッサールにおける生世界概念」『言語と文明：論集』2P.136-154
日本語学会（2005）「＜特集＞日本語における文法化・機能語化」『日本語の研究』1-3
黒沢香、米田恵美（2006）「仮想的テレビニュースの聴取

　　者による責任判断への話者とフレームの効果」『法と
　　心理』5-1P.84-90

中野和典（2009）「物語と記憶―村上春樹「レキシントン
　　の幽霊」論」『九大日文』13P.119-132

佐々木宏之（2010）「意思決定フレーミング効果の三類型：
　　幼児の発達と保育の観点を踏まえて」『暁星論叢』
　　60P.55-72

沼尻利通（2011）「村上春樹『レキシントンの幽霊』の本
　　文異同」『教育実践研究』19P.9-16

樫原修（2012）『「私」という方法―フィクションとして
　　の私小説』笠間書院

落合由治（2012）「村上春樹・短編作品の文章構成―小説
　　と随筆とのマルチジャンル性の視点から」『台湾日本
　　語文学報』32P.209-234

田中祐介（2012）「＜社会＞の発見は文壇に何をもたらし
　　たか：一九二〇年の「文芸の社会化」論議と＜人格主
　　義的パラダイム＞の行末」『日本近代文学』87P.49-64

時田浩（2012）「演劇の仕かけ：自然主義からブレヒト
　　の異化へ」『京都産業大学論集 人文科学系列』45
　　P.355-369

山根由美恵（2012）「「曖昧さ」という方法：村上春樹「レ
　　キシントンの幽霊」論」『国文学攷』214P.1-14

国立国語研究所（2012）『近代語コーパス設計のための文
　　献言語研究 成果報告書（国立国語研究所共同研究報告

12-03）』http://www.ninjal.ac.jp/corpus_center/cmj/doc/

落合由治（2013）「村上春樹短編作品の文体的特徴―近代
　　小説からの脱構築―」『比較文化研究』109P.13-26

「隣人注意報」
　　http://blog.livedoor.jp/rinjinyabai/archives/39034050.html
　　（2014 年 5 月 30 日閲覧）

「象が平原に還った日」と「美しい言葉」
―メディウムとしての村上春樹の文体

楊　炳菁

1．はじめに

　村上春樹文学を研究する際、文体の特徴がよく論じられている。『村上春樹作品研究事典（増補版）』（以下『研究事典』と略す）においては、松村良氏が次のように文体に関する先行研究をまとめた。「『風の歌を聴け』でのデビュー以来、村上春樹の文体が、それまでの日本の小説家の文体に見られない性質のものであることが、多くの論者によって指摘されている。」[1]『研究事典』におけるまとめを見れば分かるように、所謂「それまでの日本の小説家の文体に見られない性質のもの」として挙げられたのは、＜日本文学の伝統から完全にふっきれた、外国風の作家＞や＜都市的に洗練された趣味や現代的に軽快な会話＞など文体の全体的印象であり、＜センテンスが短い＞、＜難しい漢字があまり使われていない反面、カタカナが多い＞、＜

「僕」という人称代名詞を一貫して使う＞、＜「違和語」としての「やれやれ」が頻出する＞など文、語彙レベルの特徴である。一方、村上春樹もインタビュー等を通じて、自分の文体の確立過程及び文体の重要さについて積極的に発信している。例えば、1985年、彼は川本三郎氏のインタビューを受け、次のように語った。「僕は、これ（「風の歌を聴け」を指す――筆者）を書く時に、どう書いていいか分からないんで、最初にリアリズムでざっと書いたんです。まったく同じ筋を同じパターンで、文体だけ、普通の既成の文体というか、いわゆる普通の小説文体で書いたんですよ。で、読み直してみたら、あまりにもひどいんで、これはどこかが間違っているはずだという気がしたんです。（中略）それでまず英語で少し書いて、それを翻訳したら、あ、これだったら楽に書けるな、という気がして、そのあとずっと、その文体で書いたんです。」[2] そして、1991年4月号の『文学界』においても、次のような発言があり、言葉、文体の重要さを強調した。「一番大事なのは言葉なんです。言葉ができれば物語は出てくるんです。どれだけ物語があっても言葉がなければ出てこないんです。だからすべては文体だし、僕の書いてるものはそういう点で文体が全部異なっているんじゃないですか。」[3] 以上の先

2　村上春樹（1985）「「物語」のための冒険」『文学界』8，P.49

3　村上春樹（1991）「この十年」『文学界』4（臨時増刊号），P.59

行研究及び村上春樹からのメッセージによって、村上文学
における文体の特異性、重要性がより一層深く人々に印象
付けられた。無論、ここで言う文体は「文章のスタイル。
語彙、語法、修辞など、いかにもその作者らしい文章表現
上の特色」[4] を指しているが、周知のように、文体を定義す
るのは、なかなか簡単な作業ではない。加藤周一は「明治
初期の文体」において、次のように書いた。

　　「文体」を定義することは、容易でない。ここでは
　さしあたり、文章の意味内容ではなく、その形式的な
　性質のなかで、文法的性質を除くものの総体を指すと
　考えよう。文法的性質は、すべての文章に共通である。
　文体は、一つの文章と他の文章とを形式的に区別する。
　この定義は、漠然としているが、包括的で、たとえば
　「適当な語を適当な場所に措く」のがよき文体である
　といったスウィフトの定義と、矛盾しない。また文体
　を分けて「和文体・漢文体・和漢混合文体」とするわ
　が国での慣用（英仏語にいう style の用法とは少し違
　う）とも、折り合う。
　　文体のちがいは、多くの要因による。第一に、文章
　の用途により（法律、新聞記事、文学作品など）、第
　二に、著者または話者により（「文は人なり」）、第

4　新村出（2005）『広辞苑（電子版）』岩波書店

　　　三に、場所により（地域と社会的環境、例えば方言、
　　　また平安朝の女房ことばや徳川時代の廓ことば）、第
　　　四に時代による。時代による文体のちがいはその時代
　　　の社会的変化の拡がりと深さに応じるだろう[5]。

　加藤氏の論述から分かるように、いわゆる文体は文章の
形式的特徴であり、言語の基本構造や表記法の違いによっ
て分類でき、用途、主体、場所、時代などの要素によって
違いが現れてくるものである。これをもって『研究事典』
における先行研究を考察すれば分かるように、村上春樹の
文体を論ずる文章のほとんどはその小説の形式的特徴をめ
ぐって論を展開しており、その中にはアメリカ文学との共
通性を指摘することによって、村上春樹文体が受けた影響
を研究する試みもある。ある作家の作風を研究する際、文
体の特徴、つまり作品の形式的特徴を研究するのは勿論必
要だが、しかし、このような研究は＜結果＞を中心とした
研究であり、決して＜発生＞を中心とした研究ではない。
言い換えれば、創作完了後の文体の特徴（＝結果）を指摘
する研究であり、なぜ作家がそういう文体にしたのか（＝
発生）についての研究ではない。前述のように、＜結果＞
を中心とした文体研究はもちろん必要不可欠なものだが、

5　加藤周一・前田愛（1989）「明治初期の文体」『日本近代思想大系 文
　　体』岩波書店 P.449-450

ある作家の作風研究として、むしろ＜発生＞的なものを究明することのほうが更に重要であろう。したがって、もし先行研究で言われたように「村上春樹の文体が、それまでの日本の小説家の文体に見られない性質」であるなら、その文体の特徴を指摘するだけでなく、なぜ「それまでの日本の小説家の文体に見られない性質」になったのかが研究の重点になるべきであろう。勿論、先行研究には、アメリカ文学からの影響があるという指摘もあるが、しかしそれも＜結果＞を中心とした研究で、村上春樹が自分の文体を確立する際、なぜアメリカ文学に依存しているのかという＜発生＞の段階に目を向けた研究とは言えないだろう。

　本稿は文体の問題を＜結果＞を中心とするのではなく、＜発生＞の段階に目を向けて研究したい。その方法として、村上春樹のデビュー作、「風の歌を聴け」に焦点を絞る。デビュー作であるだけに、作者の問題意識がはっきり表れているのが理由であるが、それと同時に、「風の歌を聴け」のチャプター1においては、村上春樹が文体の重要性を強調する際言及した"言葉"に関する表現が出てきたということも重大な理由になっているのである。したがって、本稿は以下の作業を通じて、論を展開する。（一）「風の歌を聴け」のチャプター1における"言葉"に関する表現を取り出し、"言葉"と"象"の関係を指摘する。（二）文字としての"象"を考察し、その意味を全面的に究明する。（三）「風の歌を聴け」のチャプター1に戻り、"象"に

関する表現を分析する。（四）村上春樹の発言に基づき、
＜発生的＞レベルから村上春樹の文体を論ずる。

２．"言葉" と "象"

デビュー作「風の歌を聴け」のチャプター1には、次の
ような箇所がある。

（一）
しかし、それでもやはり何かを書くという段になる
と、いつも絶望的な気分に襲われることになった。僕
に書くことのできる領域はあまりにも限られたものだっ
たからだ。例えば象について何かが書けたとしても、
象使いについては何も書けないかもしれない。そうい
うことだ⁶。

（二）
弁解するつもりはない。少なくともここに語られて
いることは現在の僕におけるベストだ。付け加えるこ
とは何もない。それでも僕はこんな風にも考えている。
うまくいけばずっと先に、何年か何十年か先に、救済
された自分を発見することができるかもしれない、と。

6　村上春樹（1990）『村上春樹全作品 1979 ～ 1989 ①』講談社 P.7

　そしてその時、<u>象は平原に還り僕はより美しい言葉で
世界を語り始める</u>だろう⁷。

　読めば分かるように、書くことの難しさへの強調と書く
ことに対する希望がそれぞれ（一）と（二）の主な内容で、
「風の歌を聴け」の最初にある「完璧な文章などといった
ものは存在しない。完璧な絶望が存在しないようにね」の
展開に相当すると思われる。しかし、書くことの難しさへ
の強調と書くことに対する希望への描写には、極めて興味
深い表現があることは看過できない。それは両方とも「象」
で例え、特に下線部の表現を見てみると、「象は平原に還
り」と「僕はより美しい言葉で世界を語り始める」とは並
列関係が構成されていることが分かる。この下線部の表現
を別の言葉で言うと、おそらく次のようになる。「象が平
原に還った日は僕がより美しい言葉で世界を語り始めた時
である。」村上春樹の発言から分かるように、"言葉"は
文体のことであり、「美しい言葉で」世界を語り始めると
いうのはおそらくよりよい文体で文章を書くことを指して
いるのだろう。しかし、ここでの問題はなぜ文体のことを
"象"と関連づけて表現するのだろうか、ということであ
る。無論、村上春樹は動物好きのようで、小説には象だけ

7　村上春樹（1990）『村上春樹全作品 1979 〜 1989 ①』講談社 P.8（下
　線筆者）

でなく、羊や牛なども出てきて、ここで象を引っ張り出しても特に不思議はないと反論されるかもしれない。しかし、いくら象に関する表現が小説に出るということが当然であっても、その「何年か何十年か先に」平原に還る象は今どこにいるのか、もし象が「何年か何十年か先に」平原に還るなら、なぜ現時点では還らないのか、さらに「象の平原還り」と「美しい言葉」と一体どういう関係にあるのか、これらはおそらく考えねばならぬ問題になるのだろう。

　前述のように、村上春樹は動物好きのようで、象に限って言えば、小説の中、特に初期の作品に頻出する動物の一つである。久居つばきとくわ正人は『象が平原に還った日─キーワードで読む村上春樹』という著作で、「風の歌を聴け」から『ダンス・ダンス・ダンス』に至る象に関する描写をまとめ、象はマイナスイメージの代表として創出されたものだと結論を付けた[8]。一方、1985 年に発表された短編小説「象の消滅」をめぐって、象に関する研究が進み、これらの研究をまとめてみれば、象は依然としてマイナスイメージを持っており、時代遅れの象徴と言っていいだろう[9]。

　久居つばきとくわ正人の著書及び「象の消滅」に関する諸研究は、村上春樹小説に出てきた象を取り立て、さまざ

8　久居つばき・くわ正人（1991）『象が平原に還った日─キーワードで読む村上春樹─』新潮社 P.131

9　関氷氷・楊炳菁（2013）「"我"与"象的失踪"─论村上春樹短篇小说《象的失踪》中的"我"」『浙江外国語学院学報』5，P.72

まな角度から解読を試みたが、しかし、結局「「象」は村
上作品最初に現れる不思議な記号、概念であると同時に、
今日にいたるまで依然解決されていないナゾ」[10]だという結
論が残された。ここの「ナゾ」は、"象"の正体が分から
ないということを指しているが、実は"象"の正体だけで
なく、「風の歌を聴け」に出てきた問題――「象は現時点
でどこにいるのか」、「なぜ今平原に還らないのか」、「象
の平原還りと美しい言葉とどんな関係にあるのか」につい
てもそう言えるであろう。

3.「象」という文字

　1986 年、村上春樹は「PLAYBOY」誌のインタビューを
受け、象について、次のような発言を残した。

　　PB　象というのが何かの象徴ってわけじゃない。
　　村上　ないです。だから、<u>象なら、「象」というで</u>
　　<u>かい字がポカッと檻の中にあってもいいわけですよ。</u>
　　ああ、象だなと思って、象という字を見る。そうする
　　と、何か書けるとかね。龍（村上）と話すと、龍は、
　　アフリカに行かなくちゃだめだと言う。象がブルブル

10　久居つばき・くわ正人（1991）『象が平原に還った日―キーワードで
　　読む村上春樹―』新潮社 P.112

　　鼻を振ってウンコしてるのを見ないと納得しない男だ
　　から。ただ、彼の場合は、そういう生のバイタリティー
　　を入れて、それを出すタイプだからね。僕は一種の
　　記号としてとらえているから、生じゃなくても全然か
　　まわないわけですよ [11]。

　村上春樹の発言の中には、極めて重要なメッセージが二
つ含まれていると思う。まず第一に、いわゆる象は村上春
樹にとって生の動物でなくてもいい、「象という字を見る」
と、「何か書ける」と思われる存在である。村上春樹の発
言はある意味では、象に関する研究の方向性を示唆してい
ると言えよう。というのは、これまでの象研究は象を生の
動物として研究し、その象徴的意味を掘り出してきたので
ある。無論、象は体が巨大な生物であり、便宜的世界に適
応しないものとみなしても妥当であるが、しかしそれは村
上春樹にとって、一部の意味でしかないだろう。象は生の
動物であると同時に、「でかい文字」でもある。この示唆
的な発言から筆者は『字通』、『大漢語林』、『大漢和辞
典』にある象という文字の意味を考察した。このうち、『大
漢和辞典』の解釈は最も多く、計十七項目ある。

11　村上春樹（1986）「PLAYBOY インタビュー村上春樹」「PLAYBOY」
　　5, P.47（下線筆者）

　一、ざう。きさ。獣の名。二、ざうげ。象の牙。三、かたち。像に通ず。四、こよみ。暦。五、のり。みち。道理。おきて。六、かたどる。にせる。七、門闕。宮門外の両旁に設けた二箇の薹。八、楽の名。九、武舞の名。十、酒樽の名。十一、通訳の官。又、外国に使する官。十二、たくみ。つくる。匠に通ず。十三、とちの木。十四、易経の爻、又は卦の解釈。十五、人名。十六、古、象につくる。十七、姓。[12]

　以上の十七項目のうち、三冊の辞書に共通して出たのは一、三、五と十一の解釈である。上記結果を分析してみれば、象という文字の基本的な意味は二つの部分に分けられることが分かる。つまり、獣、動物としての象の意味と、象という動物の巨大さから派生する抽象的な意味である。実際に現代日本語を考察してみれば分かるように、抽象的な意味として使われるのは「かたち」、「すがた」という意味で、「現象」、「森羅万象」などがその典型的用例であろう。したがって、もし村上春樹の言った象が生の象、すなわち動物としての象でなくてもよければ、「でかい文字」としての象は「かたち」、「すがた」を意味しているのではないかと推測できる。

　村上春樹の発言に含まれたもう一つ重要なメッセージは

---

12 諸橋轍次など（2000）『大漢和辞典』大修館書店 P.657-658

下線部、つまり「「象」というでかい字がポカッと檻の中
にあってもいいわけですよ」という文にあり、「象という
字が檻の中にある」と簡略されるだろう。こういう言い方
は極めて不思議で、象という字はなぜ檻のなかにあるのか
という疑問が当然生じるであろう。しかし、檻の意味はと
もかくとして、この表現から「風の歌を聴け」にある「象
の平原還り」を解釈できるのではないだろうか。つまり、
前述したように、象は動物でなくてもいい、「でかい文字」
であるから、象は「かたち」、「すがた」を意味している
のである。村上春樹の発言は今日のこと、現時点だとすれ
ば、あらゆる物事のかたち、すがた、いわゆる「でかい文
字の象」は今檻の中に存在し、檻の中にいる象は当然平原
に還れないだろう。それなら、デビュー作「風の歌を聴け」
に出てきた「象の平原還り」は、「何年か何十年か先に」
象が檻から脱出し、言い換えればあらゆる物事が束縛から
解放され、自由を獲得したということになるのであろう。

4．"檻"の本体

　前述のように、村上春樹の発言における象は巨大な動物
というより、むしろ「かたち」、「すがた」という抽象的
意味を持つ文字のほうが妥当である。そして、今日では
"象"が檻の中にいるけれど、「何年か何十年か先に」、
檻から脱出し、平原に還ることができるということを意味

している。檻からの脱出はある意味では自由を獲得できる
ということの例えであるが、肝心なのは“檻”が一体何を
指しているのだろうかということである。

　この問題に答えるために野家啓一の『物語の哲学』を参
照したい。

　　過去に生起した「出来事」は、このような物語行為
　によって語り出された事柄の中にしか存在しない。現
　前しつつある知覚的体験は、物語行為を通じた「解釈
　学的変形」を被ることによって、想起のコンテクスト
　の中に過去の「出来事」として再現される。いや、「再
　現」という言葉は誤解を招きやすい。過去の想起は知
　覚的現在の忠実な「写し」ではないからである。もし
　忠実に模写されるべき知覚的現在がどこかに存在して
　いるとすれば、それは記憶の中にあるほかはないであ
　ろう。しかし、記憶の中にあるのは解釈学的変形を受
　けた過去の経験だけである。（中略）思い出された事
　柄のみが「過去の経験」と呼ばれるのである。それゆ
　え、過去の経験は、常に記憶の中に「解釈学的経験」
　として存在するほかはない。われわれは過ぎ去った知
　覚的体験そのものについて語っているのではなく、想
　起された解釈学的経験について過去形という言語形式
　を通じて語っているのである。「知覚的体験」を「解
　釈学的経験」へと変容させるこのような解釈学的変形

の操作こそ、「物語る」という原初的な言語行為、すなわち「物語行為」を支える基盤にほかならない。

　人間の経験は、一方では身体的習慣や儀式として伝承され、また他方では「物語」として蓄積され語り伝えられる。人間が「物語る動物」であるということは、それが無慈悲な時間の流れを「物語る」ことによってせき止め、記憶と歴史（共同体の記憶）の厚みの中で自己確認（identify）を行いつつ生きている動物であるということを意味している[13]。

　野家氏は歴史哲学を論述するために以上のように書いたが、ここには"象"と"檻"を理解するヒントが含まれていると言えよう。「過去の想起は知覚的現在の忠実な「写し」ではない」、「過去の経験は、常に記憶の中に「解釈学的経験」として存在するほかはない」、この二つの文に現れているように、もし"象"が「かたち」、「すがた」の意味として使われ、換言すれば、"象"はあらゆる物事を意味する「万象」のことであるなら、それは人間の認識に基づいた「万象」ではない。なぜなら、人間の認識に基づいた「万象」は「解釈学的経験」を通したものであり、決して物事の忠実な「写し」ではないからである。一方、もし「解釈学的経験」を通さなければ、「万象」は人間に

13　野家啓一（1996）『物語の哲学』岩波書店 P.18-19

認識される可能性もない、換言すれば、「万象」は忠実的な「写し」という形で人間に認識されるものではなく、常に「解釈学的経験」に伴って存在するわけである。こういう意味では、"象"は決して自由に行動できるものではなく、「解釈学的経験」という"檻"の中にしか存在しないものであろう。

　一方、「知覚的体験」を「解釈学的経験」へ変容させる解釈学的な変形は人間の「物語行為」を支える基盤であり、その物語行為は「記憶と歴史（共同体の記憶）の厚みの中で自己確認を行いつつ」ある行為でもあるから、「知覚的体験」から「解釈学的経験」への変形作業は人為的意志によって勝手に行われるものではないのが当然である。つまり、そういう作業は記憶と歴史の厚みにおける自己確認であり、伝承された経験というコンテクストにおいて行われる作業でもある。実は歴史というのは、野家氏が括弧で解釈したように「共同体の記憶」であり、歴史叙述は記憶の「共同化」と「構造化」がなされた言語行為とも言えよう。したがって、もし「知覚的体験」から「解釈学的経験」への変形の結果が人間に認識されている「万象」だとしたら、その変形作業が行われるコンテクストはまさにそれを限定する"檻"のようなもので、これはその"檻"の本体と言えよう。

５．"檻"からの脱出と美しい言葉への追求

　以上の分析から分かるように、村上春樹にとって、"象"は生の動物というより、むしろ「かたち」、「すがた」を意味するあらゆる物事の表象で、そして PB インタビューに出てきた"檻"は、ほかならぬ人間が外部世界を認識するとき、その認識を限定するコンテクストのことである。したがって、「檻の中の象」はそのコンテクスト、言い換えれば共同化と構造化された記憶にしか存在しない人間の認識だと言えよう。それを前提として考えれば、「象の平原還り」は「象が檻から脱出する」ということを意味し、つまりあらゆる物事が束縛から解放され、本当の自由を獲得したということになるのである。それなら、なぜ「象の平原還り」と「美しい言葉で世界を語り始める」ことに関係があるのだろうか。

　山梨正明は『認知文法論』で次のように「言葉」を論じていた。

　　言葉は、主体が外部世界を認識し、この世界との相互作用による経験的な基盤を動機付けとして発展してきた記号系の一種である。言葉の背後には、言語主体の外部世界にたいする認識のモード、外部世界のカテゴリ化、概念化のプロセスが、何らかの形で反映されている。この観点から見るならば、むしろ形式・構造

　の背後に存在する言語主体の認知的な制約との関連
　で、言葉の形式・構造の側面を捉え直していく方向が
　みえてくる。このことは、決して言葉の形式・構造の
　側面を軽視することを意味するわけではない。むしろ、
　形式・構造にかかわる制約の一部は、根源的に意味・
　運用にかかわる制約、言語主体の認知的な制約によっ
　て動機付けられている観点に立つことを意味する[14]。

　上記引用は認知文法の角度から言葉を論ずるもので、言
葉の本質が指摘され、言葉と“象”の関係も窺われるだろ
う。言葉は一見人間の自由な組み合わせによって発せられ
るもののように思われるが、実は決して自由なものではな
い。言葉は使用する人間がいかに外部世界を認識するかを
反映し、その外部世界への認識も制約を受けねばならぬの
である。つまり、言葉も「かたち」、「すがた」としての
“象”であり、現時点で平原に還れない“檻”の中にいる
“象”でもある。したがって、もし「風の歌を聴け」にお
ける「象の平原還り」が「象が檻から脱出する」、つまり
あらゆる物事が人間の認識を限定するコンテクストから解
放されることを意味しているなら、言葉もその時制約を受
けず、より「美しく」なるはずである。
　以上は「風の歌を聴け」に出てきた言葉に関する表現を

14　山梨正明（1995）『認知文法論』ひつじ書房 P. ii

考察してきたが、村上春樹の発言では言葉がイコール文体であるゆえに、上記分析の結論をもって村上春樹の文体を考察したい。

　川本三郎氏のインタビューを受けた時、村上春樹は「風の歌を聴け」を書くとき、自分が既成の小説文体で書いたが、結局それを断念し、英語で書き始め、その後日本語に訳したというエピソードを披露した。村上春樹の発言から分かるように、彼が「風の歌を聴け」を書く際、ぶつかった難問は小説の筋の問題ではなく、いかなる言葉で書くか、つまりどういう文体を取るかということである。これはおそらくあらゆる作家がデビュー作を書く時直面しなければならぬ難問だが、しかし村上春樹にとっては、文体の表象は"象"であり、それに彼が求めたのは"檻"の中にいる"象"ではなく、平原に還った"象"、つまり束縛から解放された"象"のことに違いない。言い換えれば、デビュー作の「風の歌を聴け」を書く時の村上春樹は、人間の認識を限定するコンテクストのことを明らかに意識しており、いかなる文体を取るかは単なる奇抜な言葉で小説を書くことではなく、意識されたコンテクストをいかに突破しようとするかということになるのである。したがって、ここでの文体は目的ではなく、手段、媒体だと言えるだろう。そこで、村上春樹が取った対策は、日本語という言語システムを一時的に放棄しておき、母国語でない英語で書き始め、その後再び日本語に訳すという方法である。村上

春樹が披露したこの創作過程はしばしばその文体の翻訳調の説明となり、彼がアメリカ文学の熱心な模倣者である証拠にもなっているようである。しかし、もし「風の歌を聴け」に出てきた「象の平原還り」と「美しい言葉」との関係を考慮に入れれば、前述の指摘はむしろ単なる現象にとどまる見方で、その背後に隠れたのは、村上春樹が意識的に"檻"から脱出しようとする努力だと言えよう。というのは、日本語及び日本語を使う人がともに人間の認識を限定するコンテクストにあり、たとえ一時的であっても、日本語への放棄は日本語を限定するコンテクストからの離脱を意味しているのだろう。

6. 終わりに

すでに多くの研究者によって論じられた村上春樹文体の特異性に、もし『研究事典』のまとめのように「それまでの日本の小説家の文体に見られない性質のもの」があるとすれば、その異質性は言葉の組み合わせというレベルにとどまらず、文体を手段として、意識的に人間の認識を束縛する枠組を突破しようとする試みだと言えよう。

勿論、このような試みはおそらく結局不毛な戦いになるかもしれない。人間が言葉を使用し、言葉で創作する以上、完全にその言葉を限定するコンテクストから離れることは

出来ない。これはまさに柄谷行人が言った「球体」[15]のようなもので、例え「球体」のことを意識していても、そこから出ることは無理だろう。村上春樹が「羊をめぐる冒険」から言葉の先鋭性より「物語」を重視するようになるのも、創作方法の調整というより、完全に"檻"から脱出することが不可能であるのを認めたからであろう。しかし、デビュー作から"檻"のことを明確に意識し、文体を「メディウム」として創作をする村上春樹は、極めて独特な存在ではあるまいか。

参考文献

村上春樹（1985.8）「「物語」のための冒険」『文学界』

村上春樹（1986.5）「PLAYBOY インタビュー村上春樹」『PLAYBOY』

加藤周一・前田愛（1989）『日本近代思想大系 文体』岩波書店

久居つばき・くわ正人（1991）『象が平原に還った日─キーワードで読む村上春樹─』新潮社

村上春樹（1991.4）「この十年」『文学界』（臨時増刊号）

---

15 柄谷行人は『定本 日本近代文学の起源』（2008、岩波書店、P.40）において、小林秀雄の文章を論じ、次のように書いた。「私がここでなそうとするのは、しかし風景という球体から出ることではない。この「球体」そのものの起源を明らかにすることである。」

山梨正明（1995）『認知文法論』ひつじ書房

野家啓一（1996）『物語の哲学』岩波書店

村上春樹研究会（2007）『村上春樹作品研究事典（増補版）』
　　鼎書房

柄谷行人（2008）『定本 日本近代文学の起源』岩波書店

言語学習のメディウムとしての
村上春樹の可能性
—「螢」の語彙を中心に—

賴　錦雀

1．はじめに

　日本語教育の目標は学習者の、日本語による異文化交流能力育成にあると思われるが、その教育プロセスにおいて、学習者に受容、産出、やりとりというコミュニケーション言語活動ができるように教師がいろいろな教材を利用し、多くの指導法を駆使して努力する。但し、そのコミュニケーション言語活動がうまく営まれるには語用能力、社会言語能力のほかに、言語構造的能力が基本である。いわゆる「言語構造的能力」とは使える言語の範囲、使用語彙領域、語彙の使いこなし、文法の的確さ、音素の把握、正書法の把握、意味的能力、読字能力のことをさす[1]。

　時々、「もう大学三年生なのにまだこのような単語も分

---

[1] コミュニケーション言語能力とコミュニケーション言語活動のカテゴリーについて詳しくは国際交流基金で発表された「JF スタンダードの木」を参照されたい（http://jfstandard.jp/summary/ja/render.do）

からないのか？」とか「教師は学習者に単語を一つずつ提
示する必要があるのか？」というような日本語教師の声が
聞かれる。また、本土化の教材を手にして、「この教科書
は学習者の生活と密接な関係にあるので使いたいが、語彙
が足りない嫌いがあるようですね。」というような声も聞
かれる。このように語彙指導は台湾の日本語教育において
まだいろいろ問題点があると思われる。基本語彙について
の論考[2]も教材関係の先行研究も少なくない。但し、文学作
品を語彙指導の立場から考察したものはそれほど多くない
ようである。例えば、総合型教材、技能型教材、言語要素
型教材を含めた教科書及び絵教材、スライド、音声テープ、
映像教材、コンピューター教材などの視聴覚教材 120 余点
の教材を一貫した分析方法で概観した河原崎幹夫・吉川武
時・吉岡英幸共編『日本語教材概説』（1992、北星堂書店）、
吉岡英幸編著『徹底ガイド日本語教材』（2008、凡人社）
は日本語教材研究の代表だといえるが、その考察対象の教
材には小説などのような生の日本語は見当たらなかった。

2　日本ではイギリスの C.K.Ogden の考案した Basic English の影響で作
　られた土居光居（1933）「基礎日本語」が提出されて以来、国語教育
　のために多くの基本語彙関係の調査結果が発表された。留学生に対す
　る日本語教育のための基本語彙として最初に提出されたのは国立国語
　研究所（1964）『分類語彙表』を基本度判定の材料として用いる専門
　家判定方式でまとめられた「基本語二千」「基本語六千」である。台
　湾で初めて発表された日本語教育のための基本語彙表は大学入試中心
　（2008）「第二外語日語考科基礎語彙表」「第二外語日語考科進階語
　彙表」である。

日本語教材といえば日本語教師によって編纂されたものを
指すと思われるのが普通である。しかし、異文化交流の観
点及び日本文化理解の視点から考えてみれば日本の小説も
日本語教育教材のいい選択肢の一つではないだろうか。

　村上春樹が中国語圏にデビューしたのは台湾翻訳者頼明
珠女史による 1985 年の翻訳であった[3]。台湾において＜村
上春樹現象＞を引き起こしたのは 1987 年に日本でベストセ
ラーとなり、1989 年に台北で中国語訳《挪威的森林》が出
された『ノルウェイの森』である。＜非常村上＞という流
行語まで生まれた。その『ノルウェイの森』のプレテキス
トは「螢」である。日本語教育の場合、長編小説を教材に
しては長さで困難度が高まるが、短編小説なら少し時間を
かければ完読できるし、ついでに生の日本文学作品鑑賞も
できる、という理由で本稿では「螢」を取り上げる。

　村上春樹著「螢」は 1983 年 1 月に『中央公論』に発表さ
れたが、1984 年 7 月に新潮社発行の短編集『螢・納屋を焼
く・その他の短編』に収録され、発表された。「僕」の学
生寮生活の描写、高校時代自殺した親友「彼」のガールフ
レンドである「彼女」と中央線の中で再会し、四谷から飯
田橋へのお濠端を歩く描写などのような「螢」のあらすじ
は前述した『ノルウェイの森』の第二章、第三章とほぼ同

3　藤井（2007）によれば『新書月刊』1985 年 8 月号「村上春樹的世界
　　頼明珠選譯』は世界最初の村上春樹文学翻訳でもある。

じであるが、構成としては独立した短編小説であり、その描写も大分違っている。具体的には表されていないが、山根（2002、2007）で指摘されたように、「螢」の根底には「僕」と「彼」「彼女」の三角関係及びその三角関係に対する「僕」と「彼女」の罪意識が潜んでいる。一般的に言えば語彙指導の項目としては音声、表記、語構成、文法、意味、位相などがよく取り上げられるが、本稿では枚数制限のために、この「螢」を読むことによって学習者が触れる日本語彙の量、語種、品詞、意味、使用範囲などを考察し、日本語教材としての村上春樹の可能性を考えてみたい。

２．語の認定

　本稿は日本語教育の立場から語彙指導の教材としての文学作品「螢」の可能性を考えるものなので、日本語能力試験における語彙との関連をも考慮に入れたい。それなら旧日本語能力試験の級別が分かるような「日本語読解支援システムリーディングチュウ太」を利用すれば一番便利であろうが、しかし、それを使った場合、「巨大なけやきの木」のことが「巨大 / なけ / やき / の / 木」のような誤判定になることもあるので、一つずつ確認し、判定することにした。また、日本語における語の認定は目的や認定基準によって分れている。日本の国立国語研究所で行われた語彙調査で使われた「単位」は長い単位のものと短い単位のものがあ

るが、長い単位には α 単位、W単位、長い単位、短い単位には β 単位、M単位がある。それぞれは次のようなものである[4]。

(A) 長い単位の系列：主として構文的な機能に着目して考えた単位。おおむね文節に相当する。

    (a) 「α 単位」：文節を基にした単位。『現代の語彙調査・婦人雑誌の用語』で採用された単位。「｜小学校｜卒業｜」「｜男児用｜外出着｜」のように長い語を分割する規定を設けている。

    例：型紙｜どおりに｜裁断して｜外出着を｜作りました｜

    (b) 「W単位」：非活用語及び活用語のうち終止・連体形、命令形、中止用法・修飾用法の連用形を1単位とする。また、それらに接続する付属語も1単位とする。『高校教科書の語彙調査』『中学校教科書の語彙調査』で採用された単位。

    例：型紙どおり｜に｜裁断して｜外出着｜を｜作りました｜

    (c) 「長い単位」：文節に相当する単位。「テレビ放送の語彙調査」の長い単位は、複合辞を助詞・助動詞として扱っていること、人名・地名のほか書名・

4　国立国語研究所『現代日本語書き言葉均衡コーパス』利用の手引を参照。

　　　　番組名・商品名なども固有名詞として扱ってい
　　　　ることから、「雑誌用語の変遷」で採用した長い
　　　　単位よりも長くなっている。
　　　　例：型紙どおりに｜裁断して｜外出着を｜作りま
　　　　した｜
(B)　短い単位の系列：主として言語の形態的な側面に着目
　　　して考えた単位。
　　(a)　「β単位」：原則とし、現代語において意味を持つ
　　　　最小の単位（最小単位）二つが、文節の範囲内で
　　　　1次結合したものを1単位とする。
　　　　例：型紙｜どおり｜に｜裁断｜し｜て｜外出｜着｜
　　　　を｜作り｜まし｜た｜
　　(b)　「M単位」：β単位と同様に最小単位を基にした単
　　　　位。漢語は、β単位と同様に二つの最小単位が文
　　　　節の範囲内で1次結合したものを1単位とするが、
　　　　和語・外来語は1最小単位を1単位とする。
　　　　例：型｜紙｜どおり｜に｜裁断｜し｜て｜外出｜
　　　　着｜を｜作り｜まし｜た｜
　以上のような語の認定基準はそれぞれ一理あるが、ここで
はできるだけ日本語の語彙を学ぶ学習者の立場に立って言語
現象を的確に処理できるようにしたいので、語の本質的な議
論を控えて、原則として次のように単語の認定をする。
　（イ）助詞や助動詞を1語とする。
　（ロ）「にとって」「にたいして」のような連語を1語

とする。

　（ハ）旧日本語能力試験の各級語彙表にある語を1語とする。

　（ニ）意味を重視するので「入学金」「学生寮」などの複合語を1語とする。

　（ホ）中国語話者の読字力と表記理解度の視点から「ひとこと」と「一言」のような表記の違った言葉を別々に1語とすることもある。

3．考察と分析

　日本語力とは何か、人によって定義が分かれていると思われる。考えてみれば、前述した「JF日本語教育スタンダード」で提出された「言語構造的能力」における使用言語の範囲、使用語彙領域、語彙の使いこなし、文法の的確さ、音素の把握、正書法の把握、意味的能力、読字能力などはすべて語彙力に関係している。本節では「螢」の語彙を日本語教育学的に語彙量、語種、品詞、意味と使用範囲について解析してみる。

3．1　量的考察

　二で述べた認定基準によって考察した結果、「螢」の語彙構成は次のようである。助動詞、助詞を入れた場合、全体の異なり語数は1811、延べ語数は10549であるが、助動

詞、助詞を除いた場合、異なり語数は 1744、延べ語数は
5798 である。旧日本語能力試験の級別から見た場合、異な
り語数では助詞は 43 語、助動詞は 24 語、4 級語彙は 373
語、3 級語彙は 223 語、2 級語彙は 486 語、1 級語彙は 117
語、級外語彙は 545 語ある。4 級語彙と 3 級語彙を合わせ
れば異なり語数が 596 あり、全体の 34.17％を占めている。
2 級語彙を合わせれば 1082 語あり、全体の 62.04％になる。
1 級の 117 語も合わせれば 1199 語になり、68.75％になる。
級別から見れば 1744 語のうち、級外語彙が 545 語もあるが、
その漢字表記を見れば、中国語話者がその意味を類推でき
るのは 187 語（延べ 308 語）ある。それを除けば、級外語
彙は全体の 20.52％の 358 語になる。つまり、語彙理解の観
点から見れば、3 級語彙、4 級語彙が理解できれば、「螢」
の三分の一の語彙が意味理解できるが、2 級語彙も意味が
分かれば、「螢」の 6 割の語彙が理解できるといえる。そ
して、1 級語彙と級外漢字表記語の類推可能な語を入れれ
ば、8 割の「螢」の語彙が意味理解可能になるわけである。
見方を換えれば、「螢」を読むことによって、普通の日本
語教科書であまり触れられない単語に接することができる
のである。

　延べ語数から見た場合、助詞と助動詞は「螢」の全体語
彙の 4.5 割を占めている。助詞と助動詞を除いた場合、4 級
語彙、3 級語彙、2 級語彙、1 級語彙はそれぞれ 40.82％、
21.13％、19.14％、3.67％、15.23％ であるが、4 級語彙語彙

と3級語彙が分かれば、「螢」の6割以上の語彙が理解で
きる。2級語彙を入れれば8割以上の語彙が理解可能にな
るので日本語能力試験2級能力者には難しいものではない
といえる。漢字表記級外語彙における中国語話者の理解可
能の語を除いたら、いわゆる級外語彙で理解度が低い「螢」
の語彙は1割しかない。2級の日本語能力者にとって「螢」
語彙はそれほど難しくないといえる。

【表1】旧 JLPT から見た「螢」の語彙（1）

	異なり語数	異なり語数 %	延べ語数	延べ語数 %
助詞	43	2.38%	3677	34.86%
助動詞	24	1.33%	1074	10.18%
4 級	373	20.56%	2367	22.43%
3 級	223	12.33%	1225	11.61%
2 級	486	26.81%	1110	10.52%
1 級	117	6.47%	213	2.02%
級外	545	30.13%	883	8.37%
合計	1811	100.00%	10549	100.00%

【表2】旧 JLPT から見た「螢」の語彙（2）

級別	異なり語数	異なり語数%	延べ語数	延べ語数 %
4 級	373	21.35%	2367	40.82%
3 級	223	12.80%	1225	21.13%
2 級	486	27.84%	1110	19.14%
1 級	117	6.72%	213	3.67%
級外	545	31.29%	883	15.23%
合計	1744	100.00%	5798	100.00%

【表3】中国語話者に意味類推可能な「螢」における漢字表記級外語彙

一周する	女子大	四時間	岸辺	する
一般論	女子校	左手	弧	粒子
一瞬	小学校時代	左翼	招待券	細長い
七月	小説家	巨木	東京	経験
二人組	不公平	正論	東洋史	翌年
二十本	不自然だ	生活費	東棟	透明さ
二月	不透明だ	用水	空缶	透明感
二年	不確実だ	両手	長距離	野球
二年生	中庭	共同生活	昨夜	陸軍
二百	中野学校	同居人	枯葉	黄金色
二枚	中野学校氏	同然	洗面所	創設
二度	中間点	名目	要項	悲しむ
二段	五十	地表	軌跡	散乱する
二時間	五月	地理学	首筋	最終電車
入学金	五年	当初	修道尼	無意識
入寮	六月	有為な	家	無関心
八時	六時	死者	息絶える	結果的だ
十センチ	六畳	百五十年	時報	給水
十一時	円筒	体臭	根幹	視線
十七	文鎮	克明だ	桐	貴賓室
十七歳	水辺	冷笑的だ	海岸線	週
十九	水門	売名	特徴的だ	開け閉めする
十八	水音	庇護	病的だ	集会室
十五分	水草	私財	荘厳だ	新宿
十分	火葬場	足音	財団法人	曖昧模糊
十四	他者	迂回する	財界	跳躍
十本	包装紙	京都	高台	跳躍する
十回	半年	初夏	偽悪	鉛筆立て
十年	右手	国土地理院	偽善	電源式
十時	右翼	国旗	唯一	寮生
三人	右翼的だ	国旗掲揚	問題点	寮長
三十六	四十	国歌	排気	寮棟
三階	四年生	学生服	掲揚	熟睡する
上段	四個	学生寮	掲揚する	論理的だ
大版	螢	定期的だ	掲揚台	賛同する
大浴場	遺書	療養所	淡い	競走
輪郭		瞬間的だ	鮮明だ	頬骨
樹齢			願望	

　日本語において正書法があるかどうか、人によって見方が違う。意味も読みも同じ語であるが、表記が違った場合、それを同一語と見なすか見なさないかによって、語数の数え方が変わるようになる。例えば、「螢」においては次のような例が見られる。

【表4】「螢」における語の表記

くち、口	こむ、込む、混む	-っぱなし、-放し
食べ終る、食べ終わる	とおる、通る	放す、離す
ふたつ、二つ	ふち、縁	分れる、別れる

　形が違えばその表すものも違う、という考えでは異なった語になるが、意味が同じであればどんな外形でも同一だと言われても弁解できないだろう。しかし、日本語学習者の負担を考えてみれば、違った表記の場合は別々に覚えなければならないことになるので同一語ではなく、違った語として取り扱うべきである。本稿における語の認定基準は、日本語教育的見地から中国語話者の日本語学習者の漢字読解力のことを考慮に入れて便宜を図ったものなので、「込む」「混む」「こむ」のような、表記の違ったものを別々の語として見なすこともある。但し、「終わる」「終る」、「食べ終る」「食べ終わる」のように、送り仮名の数の違いだけで意味理解に差支えがないと判断された場合、同一語と見なしてもいいと思われる。このような認定基準の変更によって語数が変わることも考えられることを断っておきたい。

３．２　語種的考察

【表5】語種から見た「螢」の語彙

		異なり語数	異なり語数%	延べ語数	延べ語数%
	和語	1066	61.10%	4384	75.61%
	漢語	477	27.37%	1085	18.71%
外来語	合計	127	7.29%	214	3.69%
	英文字	4	0.23%	4	0.07%
	カタカナ語	123	7.06%	210	3.62%
	合計	74	4.25%	115	1.98%
	カタカナ語＋漢語	2	0.11%	6	0.10%
混種語	漢語＋和語	64	3.67%	87	1.50%
	和語＋漢語	6	0.34%	18	0.31%
	英文字＋カタカナ語	1	0.06%	1	0.02%
	英文字＋アラビア数字	1	0.06%	3	0.05%
	合計	1744	100.00%	5798	100.00%

　「螢」の語彙を語種から考察した結果、一番多いのは和語
で、異なり語数は1066、全体の61.10％をを占めている。延
べ語数は4384で、全体の75.61％である。漢語は異なり語
数は477（27.37%）、延べ語数は1085（18.71%）である。
アメリカ文学に多く影響されたといわれる村上文学ではあ
るが、外来語は考えたより多くないようである。異なり語数
は127（7.29%）、延べ語数は214（3.69%）である。混種
語はあわせて74語（延べ115語）あり、全体の4.25％（延
べ1.98%）しかない。「螢」語彙において異なり語数でも延
べ語数でも和語が一番多い。漢語か漢字表記語は台湾人学習

者にとって理解しやすいだろうが、その読み方は問題になる
のが少なくない。特に漢字表記が付いている和語は意味理解
ができても読み方ができるとは限らないので学習注意点にな
る。但し、日本人の言語生活で多く使われている和語のこと
なので、小説講読によって触れる機会が増えれば親しみが生
じて自然に身に付くようになると思われる。

３．３　品詞的考察

　品詞の考察にあたり、助詞、助動詞、名詞、動詞、形容詞、
形容動詞、連体詞、副詞、接続詞、感動詞のほかに、接辞、
連語の部門を設けた。「お-」「-きり」「-ぶり」「-っぱなし」
「-がたい」などを接辞の部門、「こういう」「どれも」「な
にも」「について」「にとって」「に対して」「多かれ少な
かれ」のような類を連語の部門に入れて考察した結果、「螢」
における語彙において助詞、助動詞はそれぞれ 43 語（延べ
3677 語）、24 語（延べ 1074 語）ある。助詞、助動詞を除い
た場合、異なり語数における語数の順は名詞、動詞、副詞、
形容動詞、形容詞、接続詞、感動詞、連体詞である。延べ語
数でも一番多いのは名詞であり、次は動詞、副詞、形容詞、
形容動詞、接続詞、感動詞、連体詞の順である。名詞と動詞
はあわせて延べ語数全体の 76.85％を占めているので、「螢」
の内容を理解するには名詞理解と動詞理解が重要な鍵にな
る。そして副詞は形容詞、形容動詞より多いが、その殆んど
が仮名表記語なので中国語話者の初級学習者にとっては理解

度が低いものである。ちなみに「螢」では「至れり尽くせり、多かれ少なかれ、かもしれない」のような連語が用いられている。このような語は複数の語が共起して一まとまりの意味を表すものであるが、いわゆる品詞別では分類されないので「連語」という部門にした。

【表6】 「螢」における連語

至れり尽せり	そういう	どれも	につれて
いった	そうだ	何も	にとって
いろんな	それまで	何もかも	によって
多かれ少なかれ	という	にかけて	に対して
かもしれない	とした	にして	
かもしれません	として	にしても	
かもわからない	としても	について	

【表7】 品詞別から見た「螢」の語彙

	4級		3級		2級		1級		級外		合計	
	異なり語数	延べ語数	異なり語数	延べ語数	異なり語数	延べ語数	異なり語数	延べ語数	異なり語数	延べ語数	異なり語数	延べ語数
N	205	842	101	814	245	487	57	97	331	514	939	2754
V	78	914	78	276	147	314	33	42	118	156	454	1702
A	42	321	9	35	1	1	3	18	4	6	59	381
AV	9	38	9	34	26	52	5	9	25	29	74	162
R	5	27	0	0	3	13	0	0	0	0	8	40
S	4	66	1	5	5	37	2	14	3	11	15	133
AD	25	135	24	59	53	177	16	22	37	53	155	446
K	4	18	1	2	2	3	0	0	1	2	8	25
ST	1	6	0	0	2	13	1	2	3	3	7	24
連語	0	0	0	0	2	22	0	0	23	109	25	131
合計	373	2367	223	1225	486	1119	117	204	545	883	1744	5798

注：Nは名詞、Vは動詞、Aは形容詞、AVは形容動詞、Rは連体詞、Sは接続詞、ADは副詞、Kは感動詞、STは接辞を表す。

　日本語を品詞によって分類する際、その分類基準が問題
になる。文における職能を基準に語の品詞を判定する英語
とは違って、日本語では形容詞連用形を外し、活用のない
連用修飾語だけを副詞とする。しかし、「よい」の連用形
「よく」、「恐ろしい」の連用形「恐ろしく」は形容詞と
しても、副詞としても用いられる。日本の学校文法ではそ
の形容詞の連用形用法を副詞的用法として外の品詞として
見なさないので、職能的に副詞として用いられる場合も形
容詞と同一語と見なすのが普通であるが、機能から見れば、
「彼女はその日は珍しくよくしゃべった。」における「珍
しく」「よく」、「男ばかりの部屋だから大体はおそろし
く汚ない。」における「おそろしく」は形容詞よりも副詞
と見なすべきである。渡辺（1971）は形態中心の学校文法
における品詞分類を批判しながら「今朝は珍しく鳥が鳴い
ている」における「珍しく」を「珍しい」の活用形として
誘導形と呼んでいる。日本語教育現場では動詞と共起する
形容詞ク形は普通、形容詞の副詞的用法と称されるが、仁
田（2002）は「小さくちぎる」における「小さく」を結果
の副詞と称している。日本語における品詞転換には有標的
な品詞転換と無標的なゼロ派生の品詞転換が見られるが、
「珍しい」の活用形「珍しく」、「よい」の活用形「よく」
がそのまま副詞に転換するのは無標的なゼロ派生の品詞転
換である。無標的なゼロ派生の品詞転換とはある品詞の語
が接辞が付加されることなく、他の品詞に転換する現象で

ある。ある品詞から外の品詞に転換するのはメトニミーによるカテゴリの変化であるが、こういうような副詞に品詞転換した形容詞ク形のことを辞書にはっきり記載し、日本語教育現場における語彙指導でも文法指導でも提示するように提言したい[5]。

いわゆる形容詞の用法に絞って見た場合、「螢」における形容詞による用法が次の表8のようにまとめられる。語幹の単独用法による感動詞形成および「語幹＋かろう」の推量を表す用法を除いた形容詞の用法が「螢」で用いられている。つまり、学習者が「螢」を読むことによって、形容詞の使い方の多くを身に付けることができるわけである。

【表8】「螢」における形容詞の用法

	語尾	後続要素	機　能	用　例
語幹	○	○	感動詞を形成する	（なし）
	○	○	名詞を形成する	丸
	○	さ	名詞を形成する	重さ
	○	振り	形容動詞を形成する	久し振り
	○	そうだ	様態を表す	楽しそうだ、良さそうだ
	○	る	動詞を形成する	弱る
	○	む	動詞を形成する	痛む、苦しむ、悲しむ
	○	がる	動詞を形成する	なりたがっている
	○	すぎる	動詞を形成する	短すぎる
	○	付ける	動詞を形成する	近付ける
	から	ず	否定を表す	少なからず
	かっ	た	過去を表す	淡かった
		たら	条件を表す	よかったら

5　形容詞から副詞への転成について詳しくは頼（2013）を参照されたい。

かれ	○		連語を形成する	多かれ少なかれ
かろ	う		推量を表す	（なし）
く	○		中止	広く
	○		名詞を形成する	多くの―、近くの―
	○		副詞を形成する	珍しく、よく、たまらなく、すごく
	動詞		用言に連なる	うまく（動詞）
	ない		否定を表す	良くない、面白くもない、なりたくはない
う	助動詞		ウ音便	ありがとうございます
い	○		言い切る。	いい
	終助詞		主張を表す	いいよ／いいわよ／いいな
	接続助詞	から	原因を表す	ないから
		し	並列を表す	ないし
		と	条件を表す	ないと
		けど	自分の気持を表す	悪いけど
い	名詞		名詞を修飾する	白いシャツ、黒いズボン
	ようだ		結果を表す	どうでもいいように見えた
	のだ／んだ		説明を表す	ないのだ／ないんだ
けれ	ば		条件、並列を表す	なければ

３．４　意味的考察

【表9】「螢」語彙の意味分類

	体の類	異なり語数	延べ語数	用の類	異なり語数	延べ語数	相の類	異なり語数	延べ語数	異なり語数合計	延べ語数合計
抽象的関係	1.10　事柄	27	268	2.10　真偽			3.10　真偽	22	231	49	499
	1.11　類	26	75	2.11　類	16	95	3.11　類	17	66	59	236
	1.12　存在	7	9	2.12　存在	31	334	3.12　存在	5	214	43	557
	1.13　様相	17	32	2.13　様相	14	24	3.13　様相	44	119	75	175
	1.14　力	1	1	2.14　力	1	1	3.14　力	5	9	7	11
	1.15　作用	26	44	2.15　作用	174	510	3.15　作用	14	26	214	580
	1.16　時間	90	278	2.16　時間	7	23	3.16　時間	45	150	142	451
	1.17　空間	60	133	2.17　空間	4	8	3.17　空間			64	141
	1.18　形	14	23				3.18　形	5	5	19	28
	1.19　量	98	193	2.19　量	1	1	3.19　量	75	196	174	390
	合計	366	1056		248	996		232	1016	846	3068

人間活動の主体	1.20 人間	23	492									23	492
	1.21 家族	7	13									7	13
	1.22 仲間	8	18									8	18
	1.23 人物	13	15									13	15
	1.24 成員	11	24									11	24
	1.25 公私	21	33									21	33
	1.26 社会	26	47									26	47
	1.27 機関	9	26									9	26
	合計	118	668									118	668
人間活動・精神および行為	1.30 心	62	121	2.30	心	79	244	3.30	心	47	88	188	453
	1.31 言語	43	100	2.31	言語	28	155	3.31	言語	1	1	72	256
	1.32 芸術	9	14	2.32	芸術	2	2					11	16
	1.33 生活	23	42	2.33	生活	35	64	3.33	生活	4	4	62	110
	1.34 行為	15	21	2.34	行為	3	131	3.34	行為	4	20	22	172
	1.35 交わり	4	8	2.35	交わり	8	13	3.35	交わり	1	1	13	22
	1.36 待遇	3	3	2.36	待遇	11	11	3.36	待遇	2	2	16	16
	1.37 経済	10	15	2.37	経済	7	32	3.37	経済	1	1	18	48
	1.38 事業	6	7	2.38	事業	15	20					21	27
	合計	175	331			188	672			60	117	423	1120
生産物および用具	1.40 物品	5	7									5	7
	1.41 資材	23	34									23	34
	1.42 衣料	28	53									28	53
	1.43 食料	15	33									15	33
	1.44 住居	35	104									35	104
	1.45 道具	31	69									31	69
	1.46 機械	19	37									19	37
	1.47 土地利用	12	23									12	23
	合計	168	360									168	360
自然物および自然現象	1.50 自然	18	58	2.50	自然	5	6	3.50	自然	19	48	42	112
	1.51 物質	17	35	2.51	物質	7	10	3.51	物質	2	2	26	47
	1.52 天地	10	19	2.52	天地	0	0	3.52	天地	0	0	10	19
	1.53 生物	0	0					3.53	生物	0	0	0	0
	1.54 植物	12	20									12	20
	1.55 動物	1	22									1	22
	1.56 身体	35	93	2.56	身体	0	0	3.56	身体	1	1	36	94
	1.57 生命	7	20	2.57	生命	4	15	3.57	生命	1	1	12	36
	合計	100	267			16	31			23	52	139	350
その他	4.11 接続	23	149									23	149
	4.30 感動	3	5									3	5
	4.31 判断	18	57									18	57
	4.32 呼び掛け	3	11									3	11
	4.33 挨拶	3	10									3	10
	4.50 動物の鳴き声												
	合計	50	232									50	232
	合計	977	2914			452	1699			315	1185	1744	5798

　文学作品を講読することによって日本語語彙の習得を文
脈で把握し、意味分類の形でその使用範囲を身に付けるこ
とが考えられる。国立国語研究所『分類語彙表』中項目を
参照して分類すれば、「螢」の語彙は表9のように分けら
れる。「螢」語彙において体の類は927語（延べ2682語）、
用の類は452語（延べ1699語）、相の類は315語（延べ
1185語）、その他は50語（延べ232語）ある。そして、
一番多く用いられたのは抽象的関係を表す語彙である。異
なり語数は846、延べ語数は3068ある。体の類、用の類、
相の類の類別で見れば、異なり語数はそれぞれ366、248、
232、延べ語数はそれぞれ1056、996、1016である。

【表10】「螢」における抽象的関係を表す語例

体の類	ぶん、やつ、もの、もん、こと、ものごと、例、出来事、事件、こちら、これ、そちら、それ、あちら、あれ、どちら、どちらか、どれ、なん、何、何か、方、他者、別、実際、他、自身、種類、様式、クラス、レベル、系、関係、間、仲、根幹、根元、動機、成果、はず、せい、ため、わけ、理由、あて、目的、手、しるし、絶対、互い、平行、マッチ、兼用、存在、控え、完成、結果、独立、創設、設立、状況、なりゆき、傾向、空気、気分、具合、息、表向き、目つき、格好、姿、内容、品、人物、ひととおり、頃合、清潔、能力、用、変化、休学、小刻み、中継、国旗掲揚、掲揚、彷徨い、道筋、軌跡、途中、片道、つきあたり、跳躍、スライド、ひとまわり、壁、上下、排気、入寮、膜、客寄せ、あたり、角、しわ、進歩、時

245

用の類	つなぐ、基く、起こる、なる、落ちつく、生きる、乗る、済む、ひびく、対応する、比べる、共通する、近づく、かわる、違う、含む、存在する、浮かぶ、つきでる、覗く、出す、覆い隠す、伏せる、出る、起きる、戻る、取り戻す、作りあげる、作る、立つ、放ったらかす、存続する、残す、残る、失う、消える、消す、とりはずす、はずす、抜かす、抜ける、取る、飛ぶ、跳ぶ、払う、向く、崩れる、混乱する、散乱する、混じりあう、こむ、込む、混む、貼る、かたづける、整理する、尽す、傷つける、損なう、押す、変る、動く、ちゃう、訂正する、置き換える、入れ替わる、始まる、始める、かかる、開く、終る、しまう、閉じる、上げる、卒業する、やめる、泣き止む、息絶える、休学する、止まる、立ち止まる、続く、続ける、震える、振る、揺れる、翻る、回す、回る、舞いあがる
相の類	正しい、近い、遠い、ない、つまらない、おかしい、いい、よい、悪い、薄い、細かい、汚ない、むずかしい、強い、怖い、弱い、ひどい、新しい、古い、小さい、若い、瑞々しい、遅い、細長い、鋭い、多い、少ない、長い、短い、低い、高い、深い、厚い、広い、狭い、太い、細い、軽い、冷たい、熱い、暖い、そんな、どんな、本当、まとも、結果的、駄目、逆、同じ、異常、珍しく、平凡、独特、奇妙、不自然、深刻、適当、綺麗、様々、単純、簡単、簡潔、無理、大丈夫、急、自然、自由、定期的、久しぶり、真近、瞬間的、巨大、ささやか、微か、まあまあ、余計、極端、こう、そう、そのまま、どう、別に、実際に、結局、当然、ともに、ちょうど、まるで、風、そっと、必ず、偶然、結構、よく、大抵、一応、とくに、きちんと、すっぽり、、ちゃんと、一緒に、ゆっくり、しゃんと、ばらばら、あっさり、なんとか、がっしり、じっと、ぱっと、ふと、ぴくりと、ぐるぐる、ぐるっと、さっさと、するする、つるつる、しばらく、ちょっと、ひと、きり、ずっと、やはり、相変らず、いつまでも、いつも、いつのまにか、今にも、たまたま、突然、ふいに、とりあえず、まず、再び、何度も、時々、早く

３．５　使用範囲的考察

　「螢」における語彙は使用範囲から考えてみればいろいろな項目に分けられる。まず、回想、東京、登場人物、主人公の寮、主人公の大学生活、僕と彼女、螢という大項目に分けられるが、それぞれの大項目はまた次のように分類される。

1　回想

　高校時代（課外活動、親友、親友の葬式、警察の取調室など）

2　東京

　地理（四ツ谷、市ヶ谷、飯田橋、お堀端、神保町、交差点、お茶の水、坂、本郷、駒込）、交通機関（中央線、都電、電車）、政治（右翼、左翼）、初夏の風景（雨、雲、日射し、鬱陶しい灰色の雲、南からの風、緑の桜の葉瑞々しい初夏の匂い、セーターや上着を肩にかける、テニス、ラケット、金属の縁、きらきら輝く、ショート・パンツ、ベンチ、修道尼、黒い冬の制服、汗がにじむなど）

3　登場人物

　僕：大学一年生、18歳、単位を落とす、演劇、小説家、友達、同居人：大学一年生、地理学、どもり、ラジオ体操、白い服、黒いズボンなど

　彼女：親友の恋人、痩せている、長距離の選手、山登り、

247

　　　　　ミッション系の女子校、女子大の学生、東京の
　　　　　郊外、アパート、目が透明だなど
　　彼：親友、親切、公平、幼馴染みの恋人、ビリヤード、
　　　　自殺、遺書、動機、ガレージ、赤い車、排気パイプ、
　　　　ゴムホース、カーラジオ、ワイパー、ガソリンス
　　　　タンド、領収証、新聞、記事、教室、机、花など
　中野学校：東棟の寮長、国旗掲揚の役目、背が高い、
　　　　　　目が鋭い、五十歳前後、髪が固い、日焼け
　　　　　　した首筋、長い傷跡、陸軍、中野学校など
　学生服：国旗掲揚の助手、丸刈り、学生服、背が低い、
　　　　　色が白いなど

4　主人公の大学生活
　費用、専攻、交友など

5　主人公の寮
　位置、環境、経営者、構内、部屋、国旗掲揚式、「僕」
　の寮生活など

6　僕と彼女
　高校時代、親友の恋人、共通の話題、葬式、東京での
　再会、デート、誕生日、別れ、手紙、休学、京都、山
　の中、療養

7　螢
　外見（黒い）、居場所（寮の近く、ホテル、インスタ
　ントコーヒーの瓶、ガラスの壁、瓶の底）、様子（客
　寄せ、放す、寮に紛れ込む、微かに光る、飛び去る）、

僕との接触（7 月の終わり、同居人からもらう）、僕
の取り扱い方（久しぶりに間近に見る、寮の屋上に持っ
ていく、瓶の蓋を開ける、螢を取り出す、給水塔、
縁、手すり、光の軌跡、留まる、目を閉じる、厚い闇、
ささやかな光、行き場を失う、魂、さまよう、そっと
手を伸ばす、指、触れるなど

　日本語学習者は「螢」を読むことによって内容に対する
理解が深まるだけではなく、テキストの背景にある 1960 年
代の東京の風景や社会事情について考えるようになること
が想像される。それから、その思考活動は日本文化への理
解、台湾文化と日本文化の比較をもたらし、人文的素養の
高まりに繋がると思われる。
　使用範囲から見た「螢」語彙を次のようなマインドマッ
プで提示すれば、もっとその内実が分かると思われる。教
育現場においては教師が直接それを提示して理解させても
いいし、学生に整理させても学習効果の向上に繋がると思
われる。

【図1】 「螢」語彙の使用範囲

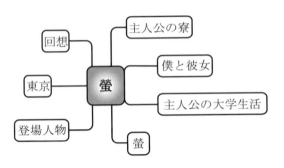

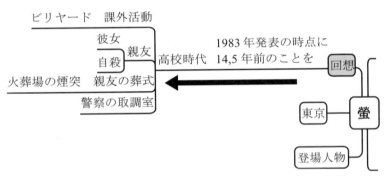

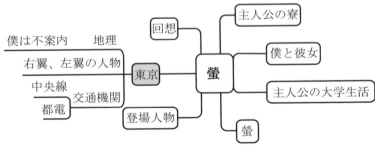

言語学習のメディウムとしての村上春樹の可能性
―「螢」の語彙を中心に―

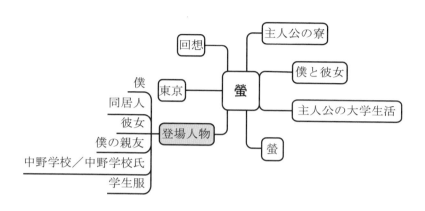

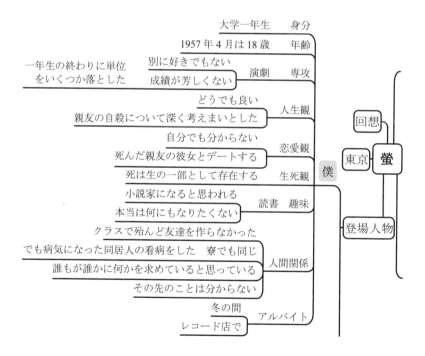

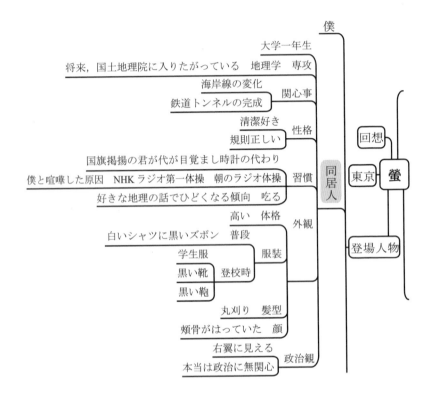

4．まとめ

　日本語教育現場において教科書が主な教材であるので、その比重が大きい。しかし、短期間で日本語力を身につけるには教科書の不足を補ういろいろな教材の重要性が増している。本研究の考察で分かるように、「螢」における日本語の使用語彙は日本語能力検定試験の語彙と比べて差があまりないが、その使用範囲は教科書よりバラエティに富

んでいる。文型との関連から見た場合、「螢」語彙は日本語の基本文型を構成するための必要な語彙であり、大学生活、寮生活、恋愛関係などの提出場面は若者の興味のあることなので学習項目に入れる必要性がある。また、内容の場面は読者から共感をもらえるものなので日本語教育の教材としても有意義で可能性があると思われる。意味理解から見れば言語表現にコンテクストを加えたものなので、語用論的意味の学習のプラスになる[6]。

異文化交流能力育成において日本語による理解力育成、発信力育成が重要であるが、一般の言語学習教科書だけでは効果が限られるので小説講読などの多読活動を営めば、語彙力、文法力、文化理解力の向上にも繋がる。縫部（2001）によれば、日本語教育は言語と文化、文化と心理、心理と教育、文化と教育、心理と言語といったような「学際的領域」がある。「螢」のような文学作品を日本語教育の読み物として使えば、日本語教育のために編纂された教科書よりもっと日本の社会的要素を理解することができる。そして、語彙の数、意味のことを考えれば、「螢」は大学で日本語を専攻する二年生には難しいだろうが、三年生には適切だと思う。

教科書の理想と現実を「コンビニ教科書」と「田舎暮ら

6　語用論的意味について詳しくは今井・西山（2012）を参照されたい。

し教科書」に例えた説[7]がある。「コンビニ教科書」は便利さへの欲望を満たしてくれるが、「田舎暮らし教科書」は便利さへの欲望を満たしてくれないし、必要なものもすぐには揃わない。自給自足が基本であるが、それに見合う成果が得られるとは限らない。言い換えれば無用の用のようなものである。文学作品講読は「コンビニ教科書」のような語学的学習とともに「田舎暮らし教科書」のような日本文学も楽しめるし、日本語による産出の基礎を築く日本語の受容、日本文化の理解もできるのでぜひ日本語教育関係者にお薦めしたいものである。

　最後に、残念ながら現在、東呉大学日本語文学系博士課程において文学関係科目が設けられていないが、それは科目数の制限による結果であり、日本語学研究者育成、日本語教育学研究者育成に文学的素養が要らないということを意味するものではないことを断っておきたい。

テキスト

村上春樹（1984）「螢」『螢・納屋を焼く・その他の短編』
　　新潮社

7　須貝（2003）を参照。

主な参考文献

国立国語研究所（1984）『日本語教育のための基本語彙調
　　査』秀英出版

玉村文郎（1985）「国語教育―内容と方法」『語彙の研究
　　と教育（下）』国立国語研究所

岡崎敏雄（1989）『日本語教育の教材』アルク

柴田武（1993）「教科書の日本語」『日本語学』12 巻第 2
　　号　明治書院

縫部義憲（2001）「言語文化教育学における日本語教育学
　　の学的構築」『広島大学日本語教育研究』

国際交流基金　日本国際教育協会（2002）『日本語能力試
　　験出題基準』（改訂版）凡人社

山根由美恵（2002）『村上春樹研究―物語不在の時代の＜
　　物語＞―』広島大学大学院文学研究科博士学位論文

須貝千里（2003）「「コンビニ」教科書と「田舎暮らし」
　　教科書―国語教科書における「倫理」の問題」『日本
　　語学』第 22 巻第 7 号　明治書院

国立国語研究所（2004）『分類語彙表　増補改訂版』大日
　　本図書

藤井省三（2007）『村上春樹のなかの中国』朝日新聞社

山根由美恵（2007）「「螢」に見る三角関係の構図―村上
　　春樹の対漱石意識―」『国文学攷』第 195 号　広島大
　　学国語国文学会

趙順文・賴錦雀・他（2008）『九十六年度第二外語日語考科試題研發計畫』（報告）大學入學考試中心

山内博之編著（2008）『日本語教育スタンダード試案語彙』ひつじ書房

門倉正美（2011）「コミュニケーションを＜見る＞—言語教育におけるビューイングと視読解」『早稲田日本語教育学』

柴田勝二（2011）『村上春樹と夏目漱石—二人の国民作家が描いた〈日本〉』祥伝社

馬場重行・佐野正俊（2011）『〈教室〉の中の村上春樹』ひつじ書房

平野芳信（2011）『村上春樹　人と文学』勉誠出版

今井邦彦・西山祐司（2012）『ことばの意味とはなんだろう　意味論と語用論の役割』岩波書店

国際交流基金（2012）『JF 日本語教育スタンダード 2010』第二版

門倉正美（2013）「「視読解」という教育研究領域について」2013 年度国際学術シンポジウム、台湾日本語教育学会

山内博之編（2013）『実践日本語教育スタンダード』ひつじ書房

賴錦雀（2013）「日本語の程度表現—形容詞の非典型的用法を中心に」『台灣日本語文學報』第 36 号　台灣日本語文學會

賴錦雀（2014）「語彙から見た日本語教育教材としての村

上春樹「螢」の可能性」第 3 屆村上春樹國際學術研討
會　淡江大学

日本語読解支援システムリーディングチュウ太
http://language.tiu.ac.jp/

人名索引

な

に

ぬ

の

は

ひ

ふ

書名・篇名索引

よ

れ

ろ

わ

事項索引

村上春樹研究叢書 TC001

村上春樹におけるメディウム
—20世紀篇

作　　者	監修 / 森 正人
	編集 / 小森 陽一、曽秋桂

叢書主編	曽秋桂
社　　長	林信成
總 編 輯	吳秋霞
責任編輯	張瑜倫
助理編輯	林立雅、陳雅文
內文排版	張明蕙
文字校對	落合 由治、內田 康、葉仲芸
封面設計	斐類設計工作室

發 行 人	張家宜
發 行 所	淡江大學出版中心
印　　刷	建發印刷有限公司
出版年月	2015年8月
版　　次	初版
定　　價	NTD540元　JPY2400元

總 經 銷	紅螞蟻圖書有限公司
展 售 處	淡江大學出版中心
	地址：新北市25137 淡水區英專路151號海博館1樓
	電話：02-86318661　　傳真：02-86318660
	淡江大學—驚聲書城
	新北市淡水區英專路151號商管大樓3樓
	電話：02-26217840

ISBN　978-986-5982-87-4